비유언어
번역방법

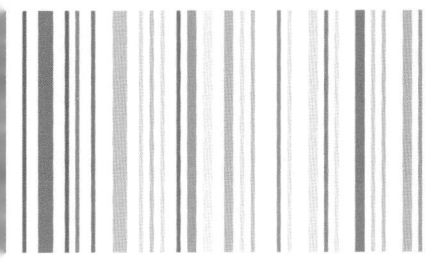

수사적 표현을 중심으로

비유언어 번역방법

박노철

KSI 한국학술정보㈜

목 차

약어표

개역: 한글 개역성서
공동: 공동 번역 성서
표준: 표준 새번역 개정판
흠한: 킹제임스 흠정역 성경전서 한영대역(그리스도 예수안에)
KJV: King James Version
NIV: New International Version
GNB: Good News Bible
RSV: Revised Standard Version

제1장

서 론

1.1 연구의 목적과 의의

이 연구의 주된 관심은 신구약 영어성경에 나타나는 수사적 표현(figures of speech)들, 이를테면 수사 의문문(rhetorical question), 은유와 직유(metaphor & simile) 및 완곡어법(euphemism)의 기능과 특징을 고찰하고 그 표현이 한국어 성경에는 어떻게 번역되어야 수용자들이 하나님의 말씀을 오해 없이 충실하고 정확하게 받아들이는가를 밝히는 데 있다. 번역가는 수사적 표현을 번역할 때 원천언어뿐만 아니라 수용언어에 대한 많은 언어적 지식과 문화적 차이점을 알아야 하는 점도 살펴보겠다. 예를 들어 수사 의문문을 번역하는 데 있어 번역가가 직면하게 되는 몇 가지 선택사항에 대해 논하고 또한 번역가는 수용언어의 수사 의문문에서 발생하는 특별한 언어적 지표를 찾아야 한다는 것에 대해 논하고자 한다.

Oregen(AD 186-253) 이후 일부 학자들은 언어의 차이와 언어에 반영된 문화의 차이를 지적하면서, 번역은 궁극적으로 불가능하다고 생각하였다. 그럼에도 불구하고 사실 번역의 역사는 쉬지 않고 진행되었다. 특히 성경 번역의 역사는 고대에서부터 현재까지 세계 각지에서 이루어지고 있다. 2000 년 1 월 WBT(Wycliffe Bible Translation)와 SIL(Summer Institute of Linguistics)의 조사에 따르면 세계 언어는 현재 6,809 개의 종류에 이른다.[1] 이 중 성경의 일부 및 전부를 번역한 언어는 2,233 이며, 신구약: 371, 신약: 960 개의 언어로 번역된 것으로 조사되었다. 향후 성경번역이 필요한 언어의 수는 약 3,000 개라는 점에서 과연 번역을 어떻게 해야 메시지를 충실

---

[1] http://www.ethnologue.com/ethno_docs/introduction.asp # intro_vol_2.

하고 정확하게, 또한 의미가 통하게 전달할 수 있는지를 고려하지 않을 수 없다.

번역의 기본원칙은 모든 분야에서 거의 비슷하다. 특히 성경을 번역하는 원칙에는 원문의 문법 형식을 번역문에서도 그대로 반영시키는 형식일치 번역(formal equivalence)과 원문이 지니는 문법 형식보다는 원문의 뜻을 옮기는 내용일치 번역(dynamic equivalence)이 있다.

본 연구에서는 형식일치 번역보다는 내용일치 번역이 성경 번역에서 더 중요하다는 점을 밝혀 보고자 한다. 우선 본 연구는 내용일치 번역의 선구자인 Eugene A, Nida 와 그의 제자인 John Beekman & John Callow 그리고 Mildre L, Larson 과 Katharine, Barnwell 의 주장에 충실하며 본 연구를 통해 더욱더 내용일치 번역이 형식일치 번역보다 중요하고 앞으로 성경을 번역할 때 형식일치보다는 내용일치가 중요하기 때문에 원문의 의미에 우선권을 두어 번역해야 한다는 점을 강조한다.

Barnwell(1999: 8, 23)과 Larson(1998: 25)에 의하면 번역은 '충실해야' 한다. 즉 원문의 의미를 왜곡하지 않고 충실하게 옮겨야 하는 것이다. 또한 번역은 '정확해야' 한다. 즉 원천언어가 나타내고자 하는 표현, 본문의 양식, 문법, 구문 등에 세심한 주의를 기울여 본문의 의미가 통하도록 정확하게 옮겨야 한다. 그리고 번역은 "수용언어 측면에서 보았을 때 자연스럽고 말이 되어야 한다." 이와 같은 맥락에서 1999 년 4 월 21 일 세계 성서협회에서는 성경 번역의 기본 원칙에 관하여 다음과 같은 공동 성명에 만장일치로 합의하였다.[2]

> 1) 성경 원문의 의미를 손상, 변경, 왜곡하거나 꾸며내지 말고 정확히
>   번역할 것. 성경 번역에 있어서 정확성이란 올바른 해석 원칙에 따
>   라 원문의 의미를 가능한 한 정확하고 충실하게 전하는 것이다.

---

[2] http://www.biblesociety.org/index2.htm.

2) 정보적 내용뿐만이 아니라 원문의 느낌과 의향까지도 전달할 것. 원문이 지닌 특색과 효과가 수용 언어의 일반적 용법에 맞는 형태로 재현되어야 한다.

3) 원문의 다양성을 보존할 것. 시, 예언, 설화, 훈계와 같은 원문의 문학적 표현 양식이 수용언어에서도 그와 같은 전달 기능을 가진 양식으로 재현되어야 한다. 원문의 감화 및 감흥, 그리고 연상적 의미가 최대한도로 유지되어야 한다.

4) 원문의 역사적, 문화적 배경을 충실히 나타낼 것. 역사적 사실과 사건들이 왜곡 없이 표현되어야 한다. 또한 번역은 저자가 원문의 독자들에게 전하고자 했던 메시지를 상황과 문화가 다른 수용언어의 독자들도 이해할 수 있는 방식으로 이루어져야 한다.

5) 현대의 정치적, 이념적, 사회적, 문화적 혹은 신학적 요소가 번역문을 왜곡하지 않도록 최선의 노력을 다해야 한다.

6) 정확성과 이해도를 향상시키기 위하여 때로는 원문의 형식을 재구성할 필요가 있다는 것을 인정할 것. 서로 다른 두 언어 사이에 문법적 구조와 범주가 일치하지 않는 경우가 종종 있으므로, 원문과 똑같은 형식을 유지하는 것은 대부분의 경우 불가능하거나 혼란을 야기한다. 비유적인 언어를 번역할 경우에도 형식을 바꿀 필요가 있을 것이다. 원문의 의미를 가능한 정확히 전달하기 위하여 번역문에서는 필요한 만큼의 표현, 즉 때로는 많거나 적은 표현이 사용될 것이다.

7) 가장 믿을 수 있고, 원어로 쓰인 성경이 최고의 권위를 지닌 책임을 알고 그것을 번역의 근본으로 사용할 것. 그러나 다른 언어로 쓰인 믿을 만한 성경 번역도 중개 역할을 하는 원문으로서 사용될 수 있다.

위의 성서협회 공동성명에도 나와 있듯이 성경 번역은 원문의 의미에 충실하게 번역을 하였는지가 가장 중요한 사항이며, 원문이 지닌 특색과 효과가 수용 언어의 일반적 용법에 맞는 형태로 재현되었는지 그리고 이러한 원칙을 바탕으로 번역된 성경은 수용언어 독자들이 오해 없이 올바로 이해할 수 있는지가 무엇보다도 중요하다. 그러나 이와 달리 성경 본문의 형식에 너무 얽매이면 흠정역(KJV)처럼 어색한 번역이 되어 수용자들이 성경의 의미를 정확하게 이해할 수 없게 된다.

신약성경 요한복음(20: 30-31)을 살펴보면 실로 이 복음서를 쓴 목적이 그대로 적혀 있다. "예수께서는 제자들 앞에서 이 책에 기록하지 않은 다른 표징도 많이 행하셨다. 그런데 여기에 이것이나마 기록한 목적은, 여러분으로 하여금 예수가 그리스도요 하나님의 아들이심을 믿게 하고, 또 그렇게 믿어서 그의 이름으로 생명을 얻게 하려는 것이다." 모든 번역가에게 중요한 점은 누구를 위해 번역을 하고 있는가 또 그들에게는 어떤 특성이 있는가를 잘 알고 있어야 한다는 점이다.

본문의 형식적 일치에 치우치게 될 때 가장 어색한 번역 가운데 하나가 수사적 표현이다. 그래서 필자는 본 연구에서 수사적 표현이 문화에 따라 매우 다르게 나타나는 것을 알아보고 성경 속에 들어 있는 어떤 표현이든 그 의미를 잘 살려내기 위해서 그 문화와 언어적 특징들을 고찰하며 형식 일치 번역보다는 내용일치 번역, 즉 원문의 형태 보존보다 의미의 재현을 더욱 강조하는 번역, 다시 말해서 동일성(Identity)보다는 등가성(equivalence)을 추구하는 번역이 효과적인 번역 방법임을 주장하고자 한다.

1.2 연구의 대상

본 연구의 목적을 달성하기 위하여 수사적 표현이 주도적으로 많이 사용된 신약 성경을 핵심 자료로 취급하겠다.

성경 번역학자 Nida 는 언어학적 방법만을 번역의 열쇠로 간주하지 않았으며 번역상의 모든 문제를 해결할 수 있을 것으로 기대하지도 않았다. 그는 번역에 있어서 항상 역동적이고 유연한 자세를 취함으로써 항상 새로운 생각과 무한한 가능성을 열어놓았다. 그는 다양한 문제를 조망할 수 있는 전망과 체제를 모색하기 위하여, 문화 인류학, 비교문화 커뮤니케이션까지도 모두 섭렵하는 의미론, 기호학에 걸친 학제 간 연구 방법을 중시한다.

최근에 번역학이란 명칭을 만들어낸 Holmes(1994: 71-72)는 번역학을 순수번역학과 응용번역학으로 분류했으며 다시 순수번역학을 이론번역학 (theoretical translation studies)과 기술번역학(descriptive translation studies)으로 분류하고 있다. 그에 따르면 기술번역학의 역할은 번역물과 번역현상 자체를 있는 그대로 기술하고 연구 대상인 경험적 현상과 가장 밀접한 접촉을 유지하고 있는 분야이다. 이와 대조적으로 이론번역학의 역할은 번역물과 번역현상을 설명하고 예측할 수 있는 원리를 정립하는 것이다. 이론번역학은 번역 전반에 관한 연구와 부분적 연구로 크게 구분하고, 다시 기술번역학은 번역물 중심의 연구, 과정 중심의 연구, 기능 중심의 연구로 나뉜다. 여기에서 번역물 중심의 연구란 현존하는 번역물을 연구하는 것이며, 과정 중심의 연구란 번역가가 번역하는 과정에서 번역가의 생각 속에서 일어나는 과정을 연구하는 것을 말하며, 기능 중심의 연구는 번역물이 수용자의 사회문화적 상황에서 드러내는 기능을 연구하는 것인데 이는 본문보다는 문맥을 연구하는 것이다. 응용번역학은 번역교육, 번역보조, 번역정책, 번역비평 분야로 나누어진다. 번역학은 이렇게 여러 분야로 분류되지만 서로 분리된 것이 아니라 상호보완적이다. 왜냐하면 기술번역학을 통해 충분한 자료가 축적되게 되면, 일반이론을 이끌어낼 수 있고, 이렇게 하여 나온 일반이론은 이론번역학의 기초가 되기 때문이다. 홈즈의 분류에 근거해 볼 때, 본 연구는 넓은 의미로는 순수번역학의 기술번역학에 속하며 좁은 의미로는 응용번역학의 번역비평에 속한다 하겠다.

본 연구는 번역물 중심의 연구로 이미 Nida의 번역 3단계 이론에 입각해서 전이(transfer)와 재구성(restructuring)을 시켜놓아 내용적 일치 번역에 충실한 영어성경 GNB와 한국어 번역성경인 공동번역, 표준새번역 또한 형식일치 번역에 충실한 킹제임스(KJV 영.한대조)번역 성경과 그리고 형식일치 번역과 내용일치 번역의 양쪽을 다 수용하여 번역한 영어성경(NIV), 한국어(개역)를 비교하고 분석하여 어느 성경번역이 텍스트성의 기준과 텍스트적 등가, 즉 의미번역에 합당한가에 대해 논의한다. 특히 본 연구는 수사적 표현을 어떻게 번역해야 의미가 제대로 재현되며 전달될까 하는 문제에 역점을 두고 있다. 구체적으로 이를 위한 자료는 아래의 번역 성경에서 수집한 것이다.

성경(Bible)

성경전서: 개역 한글판 1956. 대한 성서 공회.

성경전서: 공동번역 성서 1977. 대한 성서 공회.

성경전서: 개역 한글판 1956. 대한 성서 공회.

성경전서: 표준 새번역 개역판 2001. 대한 성서 공회.

성경전서: 킹제임스 흠정역(1611) 한영대역. 2001. 그리스도 예수 안에

Good News Bible: Today's English Version. 1976. American Bible Society.

Holy Bible: Containing the old and New Testaments in the King James Version. 1998.
            Word of God preservation Society.

New International Version. 1984. Zondervan

The Bible: Revised standard Version. 1952. American Bible Society. New York.

1.3 연구의 구성

본 연구는 다음과 같이 구성된다. 2 장에서는 성경 번역의 역사를 시대적으로 구분하고 성경 번역이 왜 계속되어야 하는지 그 당위성을 역설하고자

한다. 그리고 번역의 정의와 흠정역 성경을 제외한 모든 종류의 현대 번역성
경을 번역할 때 주요 이론으로 적용한 나이다의 번역이론을 고찰해 보고자
한다. 또한 번역등가의 개념을 설명하고 텍스트 간 등가의 개념이 무엇인지
를 살펴본다. 계속해서 나이다의 이론에 충실했던 Beekman & Callow 와
Larson 이 설명한 관용적 번역(Idiomatic translation)이 무엇인지 구체적으로 고
찰해 보겠다. 그리고 본 연구의 핵심이라 할 수 있는 '수사적 표현'의 정의에
대해 검토해 보고 성경번역에 필수조건이라 할 수 있는 해석학과 텍스트언
어학의 핵심개념인 텍스트성(Textuality)에 대해서도 파악해 보고자 한다.

3 장에서는 본 연구의 목적을 달성하기 위하여 수사적 표현의 핵심이라
할 수 있는 수사 의문문에 대해서 보다 깊게 살펴본다. 특히 수사 의문문
의 기능과 목적에 있어서 1) 확신의 평서문으로 번역 2) 불확신의 평서문
으로 번역 3) 평가나 의무의 평서문으로 번역 4) 새로운 주제와 동일한 주
제의 새로운 면을 부각시키고 도입하는 것에 대해 중점적으로 소개한다.
그리고 이러한 수사 의문문 번역이 영어성경과 한국어 성경에 어떻게 나
타났는지를 살펴보며, 이러한 번역이 과연 등가성과 텍스트성에 적절하게
이루어졌는지를 살펴본다.

제 4 장에서는 수사적 표현의 비유언어, 즉 은유와 직유 그리고 완곡어
법 번역 방법을 고찰해 본다. 여기에서 강조할 사항은 비유적인 표현은 문
화에 따라 매우 다르다는 점, 특히 같은 말을 비유적으로 번역한다 하더라
도 언어에 따라 아주 다른 뜻을 나타내는 점을 검토해 보고자 한다.

제 5 장에서는 논의를 요약하며 성경 번역에 있어서 매우 중요한 부분인
수사적 표현의 번역 방법에 대한 연구가 계속 이루어져야 할 것을 강조하
며 이 연구를 마무리하고자 한다.

제 2 장

번역이론과 성경 번역

18

2.1 번역 행위의 정의

번역(飜譯)[3]이란 원천언어로 되어 있는 텍스트를 수용언어로 재현하는 것이며 원본의 의미가 번역물에서도 보존되는 것이다. Nida & Taber (1969/1982: 12)도 번역의 본질은 원천언어가 전하는 의미에 가장 가깝고 자연스러운 등가를 수용언어로 재생산하는 행위라고 설명한다.

번역은 인간이 언어장벽을 극복하고 서로 의사소통을 할 수 있는 최선의 방법이다.(Nida & Taber 1982: 13) 그래서 인간은 번역과 통역을 통해서 다른 언어의 사상과 문화적 경험을 함께 나누며 지금까지 발전할 수 있었다. 고대에는 히브리어 성경 텍스트를 그리스어로 번역하였으며, 고대 후반기와 중세 때는 히브리어나 그리스어 텍스트를 라틴어와 영어, 독일어[4]로 번역하는 작업이 활발히 진행되었다.

실제로 성경 구절에서는 번역과 통역을 통하여 언어장벽을 극복하고 의사소통을 할 수 있었다는 역사적인 사건들이 기록되어 있다.

> (표준새번역 개정판: 660) "하나님의 율법책이 낭독될 때에, 그들이 통역을 하고 뜻을 밝혀 설명하여 주었으므로, 백성은 내용을 잘 알아들을 수 있었다."(느헤미야기 8:8)

---

[3] 한자어의 뜻을 풀어 보면 글자를 그대로 옮겨다 놓은 것(transfer)이 아니라 한 번 뒤집어 놓는 것(transformation)으로 해석할 수 있다.

[4] 마틴 루터(Martin Luther)는 로마서를 읽다가 교회 해석의 오류에 반기를 들고 개혁을 일으킨 것이다. 그가 자국어인 독일어로 성경을 번역하려 한 것은 바로 대중들에게 성경을 바로 읽고 바로 해석하도록 하기 위한 것이었다.

(표준새번역 개정판: 678) "서기관들은 모르드개가 불러 주는 대로 조서
를 만들어서, 인도에서부터 에티오피아에 이르기까지, 백스물일곱 지방
에 있는 유다 사람들과 대신들과 총독들과 각 지방 귀족들에게 보냈
다."(에스더기 8:9)

이와 같이 성경 구절을 통해서도 알 수 있는 사실은 번역이란 두 언어
를 습득한 사람만이 할 수 있다고 여겨지며 일차적 목표는 '의미를 재생산
하는 것'이 되어야 할 것이다.

번역이론의 중심과 방향을 잡기 위해 Etienne Dolet(1509-46)는 번역가를
위한 다섯 가지 원리를 규정해 놓았다.(Susan Bassnett 1991: 54)

1) 번역가는 불분명한 것을 명백히 할 자유가 있음과 동시에 원작의
   미와 뜻을 완전히 이해해야 한다.
2) 번역가는 원천언어와 수용언어를 완전히 통달해야 한다.
3) 번역가는 단어 대 단어 식의 번역을 피해야 한다.
4) 번역가는 일상언어에서 통용되는 말씨를 사용해야 한다.
5) 번역가는 정확한 어조를 살리기 위해 적절한 단어를 선택하고 배열
   해야 한다.

중요성의 정도에 따라 배열된 돌레(Dolet)의 다섯 가지 원리는 원작 이
해의 중요성을 특히 강조하고 있다. 바꾸어 말하면, 번역가는 개별 어휘나
문장이 아니라 텍스트를 번역하는 것이라고 말할 수 있겠다. 실제로 1970
년대 이후에 텍스트언어학이 등장하여 번역학에 새로운 활기를 불어 넣었
다. Bell(1995: 161-162)에 따르면 "텍스트언어학의 출현은 번역학의 발전에
지대한 영향을 미쳤다. 텍스트언어학의 주요 목적은 동적이고 상대적인
텍스트등가를 설정함으로써 텍스트의 발신인과 수신인의 의사 능력을 기
술하고 설명할 수 있으며 또한 텍스트유형에 따라 통사적, 의미론적 그리
고 화용론적 텍스트층위를 상호 관련시킬 수 있는 텍스트문법을 정리하는

데 있다. 텍스트등가의 설정은 원문 중심의 형식일치와 등가 번역의 균등화를 촉진시키고 번역등가의 기능적 개념을 도입하는 계기가 되었다"고 설명한다.

텍스트 중심의 번역이론에서는 번역은 텍스트 중심이어야 하고, 번역은 출발언어 텍스트에서 가장 알맞은 역어텍스트의 번역 등가를 만들어 내고 의미와 문체에 있어서 가장 적절한 수용언어 텍스트를 만들어내는 작업이다.(Catford 1965: 27-30) 계속해서 Catford 의 주장에 따르면 번역은 서로 다른 언어로 쓰인 두 텍스트 간의 등가(equivalence) 찾기 작업이라 할 것이다.

박여성(2000: 63)에 따르면 번역 단위는 "어휘소(Lexem)에 국한되는 것이 아니라, 언어의 실존 단위인 텍스트(Text)이고, 번역등가는 언어체계에 확정된 규정적 개념이 아니며, 언어를 둘러싼 제반 메커니즘과 커뮤니케이션 과정에서 구성되는 역동적 개념으로서, 언어체계를 준수하면서도 번역자라는 주체의 인지과정과 그를 둘러싼 문화 층위의 매개변수에 좌우된다"고 설명하고 그 결과 다수의 번역등가가 존재할 수 있다고 기술하고 있다. 이 등가는 예외 없이 언제나 두 텍스트의 성격, 대상 독자, 두 민족의 문화 간에 존재하는 관계, 이들 민족에서 각각 보이는 도덕적, 지적, 정서적 특징 등 번역 대상 텍스트의 작성 시대와 장소, 번역행위가 이루어지는 시대와 장소에 특징적인 모든 상황적 요소에 달려 있다.(Nida & Taber 1982: 14)

본격적 의미에서의 번역학이 태동하기 시작한 1960 년대 말과 1970 년대에는 언어적 등가가 논의의 핵심이었다. 그러나 번역학이 점차 발전하면서부터 등가를 구성하는 요소들의 범위가 점차 확대되었고, 오늘날에는 의미적, 화용적, 커뮤니케이션 상황적, 기능적 고려 사항을 모두 포함하는 포괄적 등가, 바꾸어 말하자면 텍스트와 텍스트 사이의 총체적 가치 동등성, 곧 텍스트 간 등가(inter-textual equivalence)를 논하기에 이르렀다.(Bell

1995: 161-197) 이렇게 번역의 모든 영역 및 관련 과정을 포괄적으로 설명하는 이론을 통합이론이라 한다.

Baker(1998: 277)에 따르면 Holmes(홈즈)는 번역이론을 크게 두 개로 나누어, 하나는 부분이론이라 했고 또 다른 하나는 통합이론이라 했다. 홈즈가 말하는 부분이론이란 번역에 개입하는 요소 또는 과정의 일부분만을 설명하는 이론으로, 텍스트유형, 문화상황 차이, 매개체로서의 언어 등을 다루는 반면, 모든 영역 및 관련 과정을 포괄적으로 설명하는 이론을 통합이론이라 설명한다. 이러한 통합이론으로는 Nida & Taber(1982: 109-113)의 '메시지 전이 모델'이 대표적이라 할 수 있다. 이 이론은 번역의 커뮤니케이션 효과, 특히 독자 중심 번역과 원문 텍스트의 효과와 동등한 효과 창출행위로서의 번역을 강조하고 번역상황, 문화중개의 필요성들을 인정하는 등 통합모델의 성격을 띠고 있는 것이 사실이다.

Combrink(1986: 9-18)는 1980년대 이후에 성경 번역학, 특히 성경 해석학에 있어서 배타적 이론보다는 포괄적 이론과 방법론이 점차 힘을 얻어가고 있다고 설명한다. 한 가지 관점과 방법을 주장하는 것이 아니고 또 다른 방법론들을 수용하고 전체적인 관심을 포괄하는 다차원적 접근 방식(multi-dimensional approaches)은 이미 성경 해석학에서도 상당한 비중을 차지하고 있다. 이런 접근 방식이 인정받고 있는 이유는 더 이상 하나의 번역이론만으로 전체를 보는 것은 한계가 있다는 시대적 인식 때문이다. 성경을 역사적인 측면만을 가지고 번역한다거나, 문학적인 면만을 강조하거나, 또는 언어학적인 면만을 보는 기존의 접근으로는 충분하지 않다는 것이 현대 성경 번역학이나 해석학의 특징이라 볼 수 있다.

그래서 번역가는 원천어의 문법과 텍스트에 관한 것뿐만 아니라 언어 외적으로 문화적인 상황에 관해서도 많은 지식이 필요하다. 결국 번역은 원어 텍스트를 이해 분석하고 번역등가를 찾아서 원천어 텍스트에 상응하는 수용언어 텍스트를 생성하는 다차원 접근 방식의 창조적 활동이라 하겠다. 이러한 관점에서 볼 때 현대 성경 번역의 선구자 역할을 다하고 있으며 내용적 일치를 성경 번역의 핵심이라고 주장하고 있는 Nida 와 Beekman & Callow 그리고 Larson 이론을 살펴본다.

2.2 Nida, Beekman & Callow 그리고 Larson 의 번역이론

Nida & Taber(1982: 13)의 번역이론에 따르면, 번역이란 "원천언어의 메시지에 가장 가깝고 자연스런 등가를 수용언어에서 재생산해 내는 것이다. 그 대상은 첫째로는 의미이고, 둘째는 문체이다". 이때 수용언어의 등가어는 그 메시지의 뜻을 가장 가깝게 그리고 가장 자연스럽게 전달할 수 있는 것이어야 한다. 그러니까 문법적인 형식의 동일성(identity)보다는 의미상의 등가(equivalence)가 중요하다는 것이다. 이는 원문의 형태 보존보다 의미의 재생을 더욱 강조하는 방식과 다를 바 없다. Nida & Taber(1982: 13-14)의 설명에 따르면 "마가복음 2:1 에 나오는 그리스어 관용구 en oikō 는 글자 그대로 풀이하면 "in house"로 해석되지만, 이 어구의 실제 의미는 "at home"이며 많은 번역문에서 이렇게 번역되어 있다. 이는 oikos 를 "house"로 번역하지 않았다는 점에서 용어상의 일치가 결여되었음을 의미하는 것이나, 이 원문의 의미를 정확히 전달하면서 동시에 형식까지 완전히 일치시키는 번역은 불가능하다"고 설명한다.

전통적인 번역에서는 원문의 메시지가 지닌 형식을 중요시하여 원문의 문체상의 특징들, 즉 운율, 문법 구조 등을 번역문에서 그대로 재생시키는 것을 원칙으로 하였다. 그러나 새로운 번역의 시대로 들어서면서 번역의 초점(focus)은 형식을 강조하던 것에서 수용언어 독자들의 반응을 더 중시하는 추세가 대두되었다. 그래서 Nida 의 제자인 Aloo Mojola 는 의미상의 등가의 중요성을 주장하면서 Nida & Taber(1982: 3-9)가 말한 것을 요약하였다.

> 언어마다 고유한 특성이 있다. 의사소통을 효과적으로 하기 위해서는
> 언어마다 가지고 있는 고유한 특성을 존중해야 한다. 메시지의 형태가
> 근본적인 요인이 아닐 때는 한 언어에서 표현될 수 있는 것은 다른 언
> 어로도 표현될 수 있어야 한다. 메시지의 의미를 유지하기 위해서 형
> 태는 변해야 한다. 성경의 언어도 그 어떤 자연언어와 동일한 한계를
> 가진다. 성경의 기자들은 그들이 쓴 것이 이해되기를 바랐다. 번역가가
> 시도해야 할 것은 성경 기자가 이해했던 바대로 본문의 의미를 재생산
> 하는 것이다.(2002: 282)

번역의 정의에 있어 중심이 되는 개념은 등가(equivalence)이다. Snell-Hornby(1988: 16)는 등가를 의미하는 영어의 equivalence 와 독일어의 Äquivalenz 사이의 차이점을 논의하였다. 그에 의하면 영어의 equivalence 는 학술용어로서 정밀 과학에서 과학적 현상이나 과정을 나타내기 위해서 사용된 반면에, Äquivalenz 라는 용어는 비교적 새로운 단어로서 배상, 보상을 제공하는 뜻으로 사용되었다. 번역이론에 등가성(Equivalence)의 개념을 처음으로 도입한 Roman Jakobson 은 번역의 범주를 다음과 같이 설명했다.

> 번역에는 언어들 사이에서 일어나는 것(Interlingual Translation)뿐만 아니
> 라 기호들 사이에 일어나는 기호 간 번역(Intersemiotic Translation)과 또
> 한 한 언어 내에서도 쉽고 아름답게 표현하는 언어 내적 번역
> (Intralingual Translation) 등이 있다.(1957: 232-238)

Nida 는 등가개념이 텍스트 혹은 문장에서 문법구조나 어휘 선택은 다르더라도 의미의 등가성을 보일 때 성립한다고 했다. 원천언어 텍스트와 수용언어 텍스트 사이의 관계는 등가개념을 통해서 설명된다.

Nida(1964: 159-160)는 수용자를 대상에 포함시킴으로써 등가성을 형식적

등가(Formal equivalence)와 역동적 등가(Dynamic equivalence)로 나눈다. 물론 나이다 이전에 이미 D.S. Carne-Ross(디.에스. 칸느-로스)가 전환(transposition)과 번역(translation)을 구별했다. 즉 원천 언어의 숙어적 표현이나 문화적 관습의 표현 등을 그대로 옮기는 전환(transposition)은 형식적 등가(formal equivalence)에 해당하는 것이고, 번역(translation)은 역동적 등가(dynamic equivalence)에 해당된다.(Wonderly 1968: 6-13)

Nida 는 형식등가와 내용적 등가를 설명함에 있어서, 특히 성경 번역가가 사역하는 곳에 양이 없고 그런 단어조차 없는 지역에서 어떻게 번역하는 것이 올바른가를 설명하고 있다.(Nida 1960: 190) 그는 요한복음 1:29 에 나와 있는 "하나님의 어린 양(Lamb of God)"을 예로 들었다.(Nida 1960: 190) "There is the Lamb of God, who takes away the sin of the world(GNB)"(세상 죄를 지고 가는 하나님의 어린 양입니다). 여기에 나와 있는 "어린 양(Lamb)"은 희생을 의미하는 동물로서 깨끗하고 순결한 존재라는 의미로 쓰였다. 그러나 파푸아 뉴우기니에서는 문화적 현상이 다르므로 형식적 등가인 "양"이 염소보다 순결하지도 않고 깨끗한 가축으로 여기지 않기 때문에 의미 번역에 많은 문제점을 야기한다. 오히려 그곳에서는 양보다는 염소가 순결하고 깨끗한 가축으로 인식된다. 이 경우 내용적 의미의 번역은 "하나님의 어린 양(Lamb of God)"이 아니라 "어린 염소(Goat of God)"가 될 것이다. 똑같은 현상으로 에스키모 측에서는 양은 잘 알려져 있지 않은 동물이다. 그래서 위와 같은 경우의 의미 번역은 "하나님의 어린 양(Lamb of God)"이 아니라 "하나님의 물개(Seal of God)"로 되어야 한다고 설명했다. 왜냐하면 에스키모 문화권에서는 "물개(seal)"가 순결한 동물이고 특히 양은 알려져 있지 않은 동물이기 때문이다. 이처럼 재현 과정에서 중요한 것은 문화 중개자로서의 번역가의 역할이라고 설명했다. 그러나 십 년 후 Nida & Taber(1969: 13-14)는 자연스런 등가를 설명함에 있어서 "최상의 번역문은 번역된 티가 나지 않는 것"이라고 설명한다. "성경을 십 년 전, 옆 마을에서 일어났던 이야기처럼 만들 수 없고, 또 그렇게 만들어서도 안 된다는 것은 너무도 당연한 얘기다.” 왜냐하면 성경의 역사적 배경은 매우 중요하며, 바리새파(Pharisees)와 사두개파(Sadducees)를 오늘날의 종교 당파로 만들어 낼 수도 없고, 성 육신의 역사적 배경을 존중한다면 그렇게 하기를 원하지도 않을 것이기 때문이다. 다시 말해서, 훌륭한 성경 번역은 “문화적 번역(cultural translation)”이 되어서는 곤란하고, 오히려 “언어적 번역(linguistic translation)”에 가까워야 한다고 주장하고 있다. 이렇게 Nida(1986: 48-49)는 번역가가 갖추어야 할 자격으로 전문가적 지식(문화적 배경지식 및 분석력, 주제지식)과 이상적인 언어능력, 의사소통능력(문화들 사이의 중개능력, 상황적 능력, 번역전략에 대한 이해) 등을 갖추어야 한다고 주장하고 있다.

성경번역 문제를 다루는 대표적 번역이론 가운데는 원문의 특성을 그대로 살리는 데 역점을 둔 문헌학적(philological) 접근법,[5] 원천언어와 수용언어의 구조적 차이에 착안해서 상이한 두 언어에서 상응 관계의 법칙을 고려한 언어학적(linguistic) 접근법,[6] 이러한 언어학적 접근의 한계를 극복하고 원천언어 원문의 의미가 수용 언어 독자에게 얼마만큼 전달되는가를 고려한 의사소통적(communicative) 접근법,[7] 그리고 사회적 행동 규범과 언어사용 사이의 관계를 강조하는 사회-언어학과 아주 긴밀한 연관을 가지

---

[5] 문헌학적 접근법을 전개한 자료로는 다음과 같다. Reuben A. Brower, ed., *On Translation*(Cambridge: Hardvard University Press, 1959)와 *George Steiner, After Babel: Aspects of Language and Translation*(London: Oxford University Press, 1975) 등이 있다.

[6] 언어학적 접근법을 전개한 연구들로는 다음과 같은 것이 있다. J. C. Catford, *A Linguistic Theory of Translation*(London: Oxford University Press, 1965); N. D. Andreyev, “Linguistic Aspects of Translation.”

[7] 의사소통적 접근 이론을 전개한 연구로는 다음과 같은 것이 있다. Eugen A. Nida & Charles R. Taber, *The Theory And Practice Of Translation*(Leiden: E. J. Brill, 1969); Eugen A. Nida. “*Sociolinguistics and Translating*”, in Louw, J. P.(ed), *Sociolinguistics and Communication*. London: United Bible Societies.

는 사회-기호학적(socio-semiotic) 접근법[8]이 있다. 이와 같은 번역 이론들은 배타적인 성격이 있는 것이 아니라 오히려 상호 보완적이다.(민영진 1996: 206) 이 네 가지의 번역이론 가운데 Nida 는 의사소통(communicative)번역 이론과 사회-기호론적(socio-semiotic) 번역이론에 많은 연구를 기울였다.

Nida 가 비록 선구자적 역할을 해내었고 관심 분야 또한 아주 다양했지만, 자신이 처음 연구를 하였던 언어학적 접근법을 완전히 극복하지는 못했다고 볼 수 있다. 다시 말해서 나이다는 언어학에서 특징적으로 볼 수 있는 어휘와 문장에 제한된 접근법을 고수하고 있는 것이다. 그가 간과했던 것들은 본문의 실제성, 그 형태와 구조, 유형과 장르, 기능과 용법이었다.(Aloo 2000: 284)

1974 년 Eric Noss 는 Nida 이론의 발전 과정을 다음과 같이 네 가지 시기로 구분하였다.(Aloo 2000: 284)

1) 기술언어학 단계: 1943-1951 년, 교과서로 사용되던 '형태론'(1946)으로 나타난다.

2) 비교문화 커뮤니케이션 단계: 1952-1960 년, '풍습과 문화'(1954), '메시지와 선교'(1960), '문화 속의 종교'(1968), '라틴아메리카에서의 복음 커뮤니케이션'(1969)으로 나타난다.

3) 번역 단계: 1961-1973 년, 번역에 장래성을 지닌 번역교본 '번역의 과학을 향하여'(1964)와 테이버와 공저한 '번역의 이론과 실제'(1969)로 나타난다.

4) 의미론 단계: 1974 년 이후부터-, 이 시기의 대표적인 저서는, '의미의 성분 분석'(1975), '의미 구조의 탐구'(1975), 레이번과 공저한 '다양한 문화 속의 의미'(1981)이며 또한 중요한 것은 Johannes P. 1 Louw,

---

[8] 사회기호론적 접근으로는 E. A. Nida, signs, Sense, and Translation(Cape Town: Bible Society of South Africa,1984); E. A. Nida, Johannes P. Louw, Andres H. Snyman and J. W. cronje, *Style and Discourse*(Cape Town:BSSA, 1983) 등이 있다.

Randal Smith 와 함께 헬라어 신약성서 전체 어휘를 의미론적으로 분석해 놓은 것이 중요한 사항이다.

이처럼 Nida 의 이론을 역사적 단계로 살펴보면 Nida 는 "가장 근접한 등가(closest natural equivalence)"로의 발전을 위해 많은 노력을 기울였다는 것을 알 수 있다. 또한 Nida & Taber(1982: 14)는 가장 근접한 등가를 다음과 같은 예를 들면서 설명하고 있다. "악령에 사로잡힌(demon-possessed)"을 현대 언어로 표현할 때 자연스러운 등가는 "정신적으로 미친(mentally distressed)"이 될 것이다. 그들은 계속해서 설명하기를 '물론 일부에서는 이를 자연스러운 등가로 생각할 수도 있지만, 이것은 분명 "가장 근접한 등가(the closest equivalent)"는 아니다. 왜냐하면 "정신적으로 미친(mentally distressed)"은 성경에 나오는 당시 사람들의 문화적 수준을 진지하게 고려하지 않은 문화적 재해석이기 때문이라고 설명하고 있다. 결국 성경 번역에 있어서 Nida & Taber(1982: 14)가 주장하는 "가장 근접한 등가"란 그 내용이 가장 중요하기 때문에 원문의 의미에 우선권을 둘 때 가장 근접한 등가가 이루어진다는 것이다.

또한 1980 년대 이후 나이다는 번역을 기호입력(encoding)와 기호해독(decoding) 과정으로 보고 본문을 기호입력하는 작업의 순서와 관련해서 여섯 단계로 설명하고 있다(Nida 1986: 46): 1) 어떤 자료(source)에 의한 개념화 2) 수신자와 배경과 관계된 결정 3) 어떻게 영향을 주고 호소할지와 관련된 전략들 4) 언어의 여러 가지 기능들의 사용 5) 특색 있는 표현들의 선택 6) 본문을 생성하는 것, 해석 또는 해독과정의 순서는 역이다. 이러한 나이다의 기호화 과정과 해석화 과정은 성경 번역의 이론과 해석학에서 중요한 부분이다. 특히 본문의 개념을 재생시키는 해독(decoding)과정이 본문을 생성하는 기호화 과정의 역순을 반영해야 한다는 점이 중요하다.

번역에 있어서 지금도 논란이 되고 있는 가장 근본적인 문제는 번역 방식에 있어서 형식 일치 번역을 할 것인가 아니면 내용 일치 번역을 할 것인가에 대한 것이다.

Barnwell(1999: 166)에 의하면 비유, 직유, 은유, 수사의문문, 아이러니와 풍자, 과장법, 환유, 제유 등의 수사적 표현을 문자 그대로 옮기려 한다면 오역이나 수용자들이 이해 못하는 번역결과가 될 것이다. 그러나 수용언어 측의 편의를 생각하여 독자들의 이해를 우선적으로 고려한다면 형식보다는 내용 면에서 우선적으로 번역이 이루어져야 한다.

Hatim & Mason(1990: 4)도 비유의 경우를 설명하면서, 번역가가 작가의 총체적 세계관을 고려하지 아니하고 무조건 수용언어의 대응 어를 찾는다는 것은 바람직하지 않다고 말한다. 또한 각 언어마다 비유하는 방법에 차이가 있기 때문에 원천 언어에서의 효과 있는 비유적 표현이 수용언어에서는 무의미해질 수 있다고 설명한다.

Barnwell(1999: 13)과 Larson(1998: 3-4) 따르면, 형식 일치란 "가능한 원어 메시지에서 보여주는 언어의 형태에 따라 낱말 하나하나를 어법에만 치중하여 충실하게 번역하는 것, 곧 문자적 번역(literal translation)"이라고 설명한다. 여기에 반하여, 내용 일치란 "원문의 단어, 구, 절에 지나치게 구애되지 않고 원문의 메시지에 담겨 있는 의미를 정확하게 살리어 번역하는 것 곧 의미를 기본으로 하는 번역(Meaning-Based translation)"이라고 정의하였다.

Nida는 내용 일치란 말 대신에 역동적 등가(Dynamic quivalence)란 용어를 사용한다. 나이다에 의하면, 역동적 등가 번역방법은 형식 일치보다 더 충실하게 원문텍스트의 의미를 전달할 수 있다고 설명한다.(Nida 1964: 191)

Nida의 역동적 등가(내용 일치)의 번역 3 단계를 살펴보자. 그는 분석(analysis), 전이(transfer), 재구성(restructuring)을 통해서 번역 3 단계 절차를 말하고 있다.

   1) 분석(analysis): 원천 언어의 표층구조(surface structure)를 통하여 원어를 구성하고 있는 각 요소들의 문법적 관계, 원문의 단어, 구, 절의 뜻을 밝힌다.

2) 전이(transfer): 번역가는 분석된 자료들을 수용 언어(receptor language)로 전이시킨다. 이때 전이(transfer)는 번역가의 마음속에서만 이루어질 수도 있고, 실제 번역작업으로 옮겨 볼 수도 있다. 이러한 분석된 자료들을 성격상 핵 문장들(kernel sentences)이라 한다.

3) 재구성(restructuring): 핵 문장들은 수용 언어의 문법과 문장 법칙에 맞게 재구성하고 심층구조(deep structure)에 맞게 재구성하여 의미가 통하도록 한다. 이 단계에서 형식적 일치가 깨어진다. 문법의 구조와 형식은 바뀌었어도 전하고자 하는 의미가 동일하면 번역은 성공한 것이다. 또한 원천언어의 본문이 수용언어에서 재구성될 때 수용언어 독자가 본문에 대하여 갖는 반응과 원천언어 독자의 본문에 대한 반응이 동일할 때 그 번역은 성공했다고 볼 수 있다.(1964: 167-171)

나이다의 역동적 등가와 비슷한 의미로 Beekman & Callow(1974: 58-59)는 관용적 번역(Idiomatic translation)이란 용어를 사용했다. 그들이 밝힌 관용적 번역이란 문법적 구조와 어휘 선택에 있어서 좀 더 자연스런 수용언어로 번역하는 것을 말한다.

이와 같은 맥락에서 Larson(1998: 19)도 관용적 번역(Idiomatic translation)을 설명하면서 번역가의 목표는 원천언어와 같은 의미의 메시지를 아주 자연스런 수용 언어의 문법과 어휘로 선택해서 독자들이 의미를 파악하는 데 아무런 불편함이 없도록 원천어의 텍스트를 재생산하는 것이라 했으며 매우 문자적인 번역에서부터 시작하여 아주 자유스런 번역[9]까지 번역의 여

---

[9] Larson(1998:19)은 아주 자유스런 번역은 좋은 번역으로 받아들일 수 없다고 다음과 같이 설명한다. "원문에는 있지 않은 정보를 더하거나 원문의 의미를 변질시키거나 원문에 있는 역사적, 문화적인 것을 손상시키는 번역일 수도 있는데 이러한 오역은 목적이 될 수 없다.(Unduly free translations are not considered acceptable translations for most purposes. Translations are unduly free if they add extraneous information not in the source text, if they change the meaning of the source language, or if they distort the facts of the historical and cultural setting of the source language text)"

러 가지 모델을 다음과 같이 모형으로 설명하고 있다.

Very literal	literal	Modified literal	inconsistent mixture	Near idiomatic	**idiomatic**	unduly free

Nida 와 Beekman & Callow 그리고 Larson 의 주장을 종합해 보면 다음과 같이 요약해 볼 수 있다.

1) 번역은 "충실해야(faithful)" 한다. 원문이 말하고자 하는 것을 왜곡하지 않고 충실하게 옮기는 것이다. 가능한 한 본문의 메시지를 충실하게 전달하는 것이다.
2) 번역은 "정확해야(accurate)" 한다. 원어와 그 의미, 본문의 양식, 문법, 문체 등에 주의를 기울이면 원천어를 정확하게 옮길 수 있다. 본문의 내용을 번역가의 임의대로 바꾸어서는 안 된다.
3) 번역은 "말이 되어야(meaningful)" 한다. 수용언어 독자가 이해할 수 있어야 한다. 즉 본문이 말하고자 하는 것을 독자가 이해할 수 있어야 한다.

이렇게 의미의 충실과 정확성 그리고 말이 되는 번역을 주장하는 내용적 일치 번역이 나온 배경에는 성경번역의 유구한 역사가 있다.

2.3 성경 번역의 역사

성경번역의 역사는 성경 자체의 시대, 초대교회시대, 종교개혁시대, 선교시대, 그리고 현대 등으로 구분하여 생각할 수 있다.

　기원전 588 년 유다 왕국이 망하고 많은 유대인들이 바빌론에 포로로 끌려가 생활하면서 이들은 서서히 당대의 세계어라고 할 수 있는 아람어를 일상 언어로 사용하기 시작하였다. 아람어는 유대인의 언어이자 구약 성경의 언어이기도 한 히브리어와 유사한 자매 언어로서 유대인들에게 있어서 결코 배우기 힘든 언어는 아니었다.(김경래 1997: 27)

　성경의 경우, 최초의 번역으로는 아람어 '타르굼'이나 그리스어 '칠십인역'이 곧잘 거론된다. '타르굼'은 결국 히브리어 성서의 아람어 번역이지만, 그 기원은 오늘의 시각으로 보면 글로써 뜻을 옮기는 번역(飜譯: translation)이라기보다는 구두전달 방식에 의존하는 통역(通譯: interpretation)에서 비롯된다. 통역이든 번역이든, 언어가 서로 다른 사람들끼리 의사를 서로 통해 보려고 애를 쓰기 시작한 것이 번역의 시초였을 것이다.(민영진 1996: 244)

　성경번역의 경우 가능한 한 고대문헌을 충실하고 정확하게 그리고 그 뜻을 알 수 있게 옮기는 것이 중요하다. 하나님의 말씀을 다루는 성경번역은 "충실하게, 정확하게, 말이 되게"라는 표현으로 요약할 수 있다. Barnwell 은 그의 저서 Bible Translation 에서 다음과 같이 성경 번역에 있어서 "메시지의 의미"를 강조한다.

　　1) 성경은 성령의 감동으로 된 하나님의 말씀이다. 번역가는 무슨 일이 있어도 성경의 의미를 변질시켜서는 안 되는 막대한 책임이 있다. 그러므로 번역가는 그 의미를 더하거나 빼지 말고 원문에 충실해야 한다.
　　2) 성경은 의미심장한 책이다. 성경은 모두가 이해할 수 있는 메시지가 담겨 있다. 처음 성경이 쓰였을 때는 그 당시 사람들이 일상생활에서 늘 사용하던 언어로 쓰였었다.
　　3) 모든 언어에는 각각의 문법과 단어, 그리고 표현들이 있다. 번역가가 번역하고 있는 메시지의 의미를 전달하기 위해서는 자주 다른 형태의 문법과 단어를 사용할 수밖에 없는 일이 생기게 된다. 당연히 이것이 큰 문제가 되지는 않는다. 중요한 것은 메시지의 의미를

변질시키지 않는 것이기 때문이다.

4) 번역가의 책무는 단어의 번역이라기보다는 의미의 번역에 있는 것이다.(1999: 12)

Barnwell 의 주장에 따르면 성경 번역은 무엇보다도 충실하고, 정확, 명료하고 의미가 통해야 하는 것이다. 설령 번역텍스트에서는 원천언어의 문법적 형태나 단어와는 다르게 옮겨졌다 하더라도 의미가 정확하게 그리고 명료하게 전달되는 것이 무엇보다도 중요하다. 이러한 차원에서 내용일치 번역의 시금석이라 할 수 있는 칠십인역을 살펴본다.

2.3.1 칠십인역(The Septuagint)

칠십인역이 나온 배경은 그리스어를 사용하는 유대인들에게 그들이 쓰는 말로 된 성경이 없었기 때문이었다. 칠십인역의 유래는 간단히 설명할 수 있는 사건이 아니다. 아리스테아스의 원어 편지[10]는 칠십인역의 유래를 연구하는 데 중요한 문헌이다. 언제 쓰였는지 알 수 없는 이 문헌은 필라델피아의 프톨레미 제 2 세(기원전 285-246)에 대한 이야기를 기록하고 있다. 이 편지에는 이스라엘의 각 지파별로 율법에 능통한 사람 여섯 씩 도합 72 명을 뽑아 알렉산드리아로 보내어 율법을 번역하는 일을 수행하게 해달라는 부탁이 기록되어 있다. 알렉산드리아에 도착한 72 명의 번역자들은 어느 도시의 항구 부근에 있는 조용한 집으로 안내를 받고 이곳에서 72 일간 번역했다고 한다. 이 칠십인역은 히브리어를 헬라어로 번역

---

[10] 아리스테아스의 편지는 헬라어로 기록되었다. 영어 번역으로는 R. H. Charles, *The Apocrypha and Pseudoepigrapha of the Old Testament in English*, vol.2(Oxford, 1913), 94-120.

한 것으로 실로 히브리 문화와 헬라 문화의 접촉이라는 점에서 역사상 큰 의미를 담고 있다.

그러나 칠십인역을 내놓는 것은 참으로 힘든 일이었다. 그것은 처음 오경을 번역하면서 조어(造語)를 만들어 내는 일이 쉬운 작업이 아니었기 때문이다. 칠십인역은 히브리어에서 그리스어로 옮긴 최초의 번역일 뿐만 아니라, 일반 번역 가운데에서도 역사상 최초로 이루어진 것이다. 번역가들이 사전을 사용했는지 그 증거는 찾아볼 수 없다. 이런 점으로 미루어볼 때 번역가들이 어떤 낱말의 뜻을 결정할 때 문맥에 따라 번역한 것으로 추정된다.(Corro 2003: 176-202) 성경의 첫 번역인 칠십인역조차도 두 방식의 번역을 보인다. 욥기, 잠언, 이사야, 다니엘, 에스더의 경우 의역이 많은 반면에, 사사기, 시편, 전도서, 애가, 에스라, 느헤미아, 역대상하는 직역으로 이루어졌다. 이 의미는 원문의 형식을 따른 형식일치 번역과 뜻을 따른 내용일치 번역을 말한다.

칠십인역의 영향이 커서, 아예 칠십인역을 원어 텍스트로 사용하여 번역을 내기도 하였다. 성 제롬(St. Jerome)의 불가타역과 페쉬타라고 불리우는 시리아역만 제외하고 모두 칠십인역에서 번역되었다. 이처럼 칠십인역에 기초한 번역들로는 라틴어 구역, 콥트어(이집트어), 고트어, 아르메니아어, 게오르기아어, 이디오피아어 등의 번역을 말한다. 오늘날까지도 그리스정교회에서는 칠십인역을 가장 권위 있는 구약본문으로 받아들이고 있다. 또한 이 칠십인경이 그토록 유명한 것은 예수께서 인용한 성경의 대부분은 여기에서 나온 것을 보아도 잘 알 수 있다.[11] 다음은 칠십인역 다음으로 권위와 역사 그리고 Nida 의 내용일치(역동적 등가) 번역의 선구가 되는 불가타역과 위클리프역을 살펴본다.

---

[11] Philip A.Noss, *A Panorama of Scripture Translation*: History, Problems and Prospects.(Christian Literature Society of Korea, 2000: 248)

2.3.2 불가타역(The Vulgate)과
위클리프역(Wycliffe's English translation)

Baker(1998: 497)에 따르면 다마소스(Damasos) 교황은 383 년에 당시 최고의 기독교 학자였던 성 제롬(St. Jerome)에게 믿을 만한 라틴어 번역본을 내놓으라고 명하였다. 그래서 제롬은 기독교로 개종한 유대인들과 랍비 학자들의 도움으로 405 년 그의 번역을 완료하였는데 이 번역이 불가타(Vulgate)역이다. 제롬은 다른 번역자들과는 달리 히브리어 성경과 칠십인 역에 모두 통달한 학자였다. 제롬은 이런 상황에서 수 세기 후에 등장하는 외경과 정경을 구분하였던 개혁가들 중 선구자였다. 제롬은 원문을 최대한 정확하고 충실하게 옮기려고 하였으며, 신약의 비평본을 편집하려고까지 하였다. 또한 제롬은 성경 번역의 원칙에 있어서 395 년 그가 팜마키우스에게 보낸 유명한 편지에 씌어 있는 대로 "낱말과 낱말을 대응하여 옮기지 않고 뜻을 옮겨야" 한다고 주장했다. 이 원칙은 유진 Nida 의 역동적 등가(Dynamic equivalence)의 선구가 된다고 할 수 있겠다.(Nida 1964: 13)

제롬의 불가타역(Vulgate)이 나오자 칠십인역에 애착을 가진 많은 이들이 혹평하고 심지어 분노하기까지 하였다. 그중 어거스틴은 원어 텍스트를 칠십인역으로 해야 한다고 주장하기까지 한다. 그러나 결국 불가타역은 서유럽에서 약 1,000 년 동안 공인 본문으로 사용되었다.

기독교인들은 제롬이 만든 용어를 그대로 사용했다고 말할 수 있다. 예를 들어 구원(salvation), 거듭남(regeneration), 칭의(justification), 성화(sanctification), 속죄(propitiation), 화해(reconciliation), 영감(inspiration), 성례전(sacrament) 등이라 할 수 있다.(Carro 2003: 180)

이 불가타역을 원천언어로 삼아 새로운 번역본들이 많이 생겨났다. 그 대표적 번역본이 위클리프역(Wycliffe's English translation(1382))이다. 위클리프보다 먼저 나온 영어성경번역이 있다고 주장하는 학자들이 가끔 있기는 하나, 설사 있었다 하더라도 후에 어떠한 사본도 남아 있지 않다. 물론 본문의 이곳저곳을 부분적으로 번역한 암시가 있기는 하지만 위클리프 이전에 완역이 있었다는 증거는 사실상 찾아볼 수 없으며 부분적으로 번역했다는 증거도 충분하지 않다.

위클리프 성경은 구약과 신약을 영어로 처음 번역한 것이다. 또한 위클리프 성경은 교회 내에서 성경의 역할이 커지게 되는 동기가 되었으며 변혁의 시발점이 되었고 당시 확산되던 종교개혁의 초석이 되었다. 위클리프의 이론은 성경이 모든 인간의 생활에 적용될 수 있도록 해야 한다는 것이었다.(Bassnett 1998: 46) 아울러 모국어를 통해 성경을 읽어야 한다고 주장했다. 위클리프를 따르는 많은 추종자들이 있었지만 그의 이론은 결국 이단으로 비난을 받았으며, "롤라드(Lollards)[12]"라고 탄핵을 받았다. 그가 사망한 후에도 영어성경 번역 작업은 끊임없이 번성하여 그의 제자 퍼비(Pervey)는 초판본에 대한 수정작업을 끝내고 재판을 냈다.

위클리프 성경의 제2판에는 다음과 같은 서문이 실려 있다. 이 서문은 1395년에서 1396년경에 쓰인 것으로 제15장에는 성경을 번역하는 네 가지 과정을 다음과 같이 설명하고 있다.

1) 옛 성경 사본과 주석을 수집하고 믿을 만한 라틴어 원전을 확립하려는 협동적 노력을 기울임.
2) 여러 번역본들의 비교
3) 어려운 단어와 복잡한 의미에 관하여는 원로 문법학자와 신학자들에게 자문.
4) 협력자들로부터 교정을 받아 문장, 즉 의미를 가능한 명료하게 옮김.(Bassnett 1998: 47)

---

[12] Wycliffe와 그의 추종자들이 열렬하게 종교개혁운동을 펴고 다녔을 때 반대자들이 그들을 'Lollards'라 불렀음.

제롬과 마찬가지로 퍼비도 형식일치보다는 내용일치를 선호하는 편이어서 이해하기 쉽고 관용어법에 맞는 번역을 하였기에 일반 신자도 쉽게 읽고 이용할 수 있었다.

Weigle 은 영어성경에 대한 새로운 태도가 점차적으로 나타나기 시작한 것은 16 세기였는데, 이는 르네상스에 의해 고무된 고전연구(New Learning)와 유럽대륙의 종교개혁 및 이 둘로부터 절대적인 영향을 받은 윌리암 틴데일(William Tyndale)의 외골수적인 헌신과 고전에 대한 그의 건전한 학식 때문이었다고 말하였다. 뿐만 아니라 그것은 새로운 인쇄술과 인쇄업의 발달에 의해 더욱 촉진되었다. 계속해서 와이글(Weigle 1985: 34 유성덕, 함영용 역)은 1526 년의 틴데일에 의한 최초의 신약성경의 출판에서 1611 년의 흠정역본의 출판에 이르기까지 85 년간에 걸친 영어성경의 발전과정에서 부각되었던 주요 쟁점을 다음과 같이 7 가지로 구분해 놓았다.

1) 영역성경은 과연 있어야만 하는 것일까?
2) 만일 그렇다면, 일반 백성들이 영어성경을 손쉽게 구입해 볼 수 있도록 해야 할 것인가?
3) 영어성경에는 히브리어나 헬라어 또는 라틴어 본문의 번역만이 포함 되어야 하는 것일까 아니면 다른 책들처럼 주석과 설명주 그리고 서문이나 머리말도 역시 포함되어야 하는 것일까?
4) 교회의 예배에서 실제적으로 영어성경이 읽혀지고 영어가 사용되도록 해야 할 것인가?
5) 교회에서 전통적으로 사용되어 온 고풍스러운 단어들이 영어성경에서 그대로 유지되도록 해야 할 것인가?
6) 라틴 불가타 성경에서 번역을 할 것인가 아니면 히브리어나 헬라어의 원전에서 번역을 할 것인가?
7) 앵글로-색슨(Anglo-Saxon)의 고유 영어 단어들만을 사용할 것인가 아니면 라틴어에서 파생된 단어들도 역시 사용을 할 것인가?

위에서 살펴본 것처럼 성경번역의 역사는 형식 일치보다는 의미의 충실을 기하는 내용 일치 번역을 위해 끊임없이 도전한 모습을 볼 수 있다. 다음에는 내용 일치보다는 형식 일치 번역에 치중한 흠정역(킹제임스)과 내용 일치와 형식 일치 양쪽을 다 수용하면서 번역한 그 외의 영역 본들을 살펴보자.

2.3.3 흠정역(킹제임스 성경: KJV, 1611)과 그 외의 영역본들[13]

엘리자베스 1 세 여왕에 이어 왕위에 오른 영국의 제임스 1 세는 성경의 번역본이 너무 많아서 교회가 분열된다고 여겼다. 그래서 감독들과 퓨리탄 목사들을 불러 회의를 소집하였다. 토론 결과 당시 여러 성경에 단점이 많다는 데 의견이 모아졌다. 어떤 결론을 내리지는 않았지만 제임스왕은 새로운 번역이 나올 것을 은근히 기대를 하였다. 그래서 학자들을 불러모아 성경 번역에 착수하도록 명했다.

제임스왕 역이 이전의 역본보다 진일보한 것은 사실이지만 문제점도 없지 않다. 가장 큰 결함이라면 고유명사를 일관성 있게 표기하지 못했다는 점이다. 예를 들면 예레미야를 예레미야스(Jeremias)나 예레미(Jeremy)로 표기하기도 하였다. 제임스왕역은 왕의 재가로 번역되어 교회에서 사용하도록 한 공인본이다.

일반적으로 새로운 번역본은 곧바로 쉽게 받아들여지지는 않는다. 제임스왕 역의 경우도 마찬가지였다. 하지만 시간이 지나면서 비평적인 시각

---

[13] 여기에 실은 부분은 필자가 2003년 2월 17일부터 22일까지 대한성서공회 성경원문연구소에서 주최한 "2003년 성서 번역자 양성을 위한 세미나"에서 교과서로 사용한 성경원문연구(2003/2월호)에서 Anicia del Corro가 발표한 Why So Many Bible Versions을 참고로 하였다.

은 점점 좋은 방향으로 바뀌어 갔다. 영어성경의 역사에서 비추어 볼 때 제임스왕 역은 형식적 일치 번역으로 약 2 세기 동안 다른 영어성경보다 많이 사용되었다.

영어개역(RV)은 1885 년에 나왔고 미국 표준역(ASV)은 1901 년에 나왔다. 현저하게 다른 점은 히브리어 성경의 하나님 이름 네 글자를 주님이나 하나님 대신 여호와(Jehovah)로 고친 점이다. 그 밖에 바뀐 것은 다음과 같다. "Holy Ghost"를 "Holy Spirit"으로 바꾸었고, "무덤(grave)"을 "구덩이(pit)", "지옥(Hell)"을 "스올(Sheol)"로 바꾸었다.

개정표준역(RSV, 1952 년)은 매우 문자적이면서 가능한 한 제임스왕 역에 가깝게 하려고 한 미국 표준역(ASV)의 개정본이다. 외경까지 포함하여 로마 가톨릭교회와 개신교회 그리고 정교회가 모두 사용할 수 있도록 한 교회일치 번역이다. 또한 RSV 는 그리스어 구문과 문법에 근사면서도 정확한 영문법을 구사한다.

새 개정표준역(NRSV, 1990 년)은 매우 정확하고 분명하고 듣기 좋은 소리로 번역하려고 하였다. 고대 가부장제 문화와 사회를 반영하는 옛 말투나 남성 중심의 용어들은 가급적 없애려고 하였다.

예루살렘 성경(JB, 1966 년)은 원어에서 영어로 옮긴 최초의 로마 가톨릭 성경이다. 번역자들은 교회에서 사용할 수 있도록 객관성을 유지하고자 노력하였다. 시대의 흐름에 뒤지지 않기 위하여 번역가들은 현대어를 사용하였다. 하나님의 이름을 야훼로 표기하였고, 골리앗을 팔레스타인의 "돌격 부대요원"(shock-troopers: 삼상 17:4)으로 번역했다. 이에 대해서 Barnwell(1999: 72)는 특별한 성경의 용어를 번역할 때 다음과 같은 사항을 고려해야 한다고 설명했다.

1) 원천어 용어의 의미를 정확하게 파악할 것.
2) 비슷한 의미를 가진 성경 용어와 비교할 것.
3) 가능한 수용언어에서 적용할 수 있도록 조치하고 적용하기에 앞서

임시용어를 선택할 것.

4) 임시로 선택한 용어를 한동안 시험적으로 사용해 볼 것.

새 예루살렘 성경(NJB, 1985 년)은 남성 중심의 언어를 대폭 줄였다. 특히 남성과 여성을 모두 가리킬 경우에 그렇게 바꾸었다. 어떤 점이 바뀌었는지 살펴보자.

마태복음 5:3-11

(JB) "happy"(행복한) (NJB) "blessed"(복된)

요한복음 16:20

(JB) "I tell you most solemnly"(내가 엄숙하게 너희에게 말한다)

(NJB) "In all truth I tell you"(내가 진실로 너희에게 말한다)

새 영어성경(NEB, 1970 년)은 영국 개신교회가 개정표준역을 개정할 무렵, 1611 년 판 제임스왕 역과는 상관없이 새로운 번역으로 내놓은 것이다. 개정영어성경(REB, 1989 년)은 예배 전용으로 번역한 성경이다. 연령이나 교육적인 배경에 상관없이 예배자들이면 누구나 알아볼 수 있도록 한 것이다. 다음은 새 영어성경(NEB)와 개정영어성경(REB)의 번역을 몇 가지 비교해 보자.

에스겔 21:7

(NEB) "all men's knees run with urine"

(모든 남자들의 무릎에 오줌이 흐를 것이다)

(REB) "All knees will turn to water"(두 무릎은 물로 적셔질 것이다)

고린도전서 5:9

(NEB) "have nothing to do with loose-livers"

(해이한 생활을 하는 이들과 아무런 상관이 없다)

(REB) "have nothing to do with those who are sexually immoral"

(성적으로 부도덕한 사람들과 아무런 상관이 없다)

   신국제역(NIV, 1978 년)은 보수 신학과 정책을 잘 보여주는 역본으로 자리를 잡았다. 신국제역(NIV)은 형식일치 번역도 아니고 내용일치 번역도 아닌 중도적 입장으로 번역하였다.

   이상 성경 번역의 역사를 형식일치와 내용일치 차원에서 고찰해 보았다. 이제 번역가가 반드시 번역과정에서 직면하게 되는 문제 몇 가지를 살펴보도록 하자. 필자는 앞에서 번역의 기본정의를 살펴본 바 있다. 번역은 하나의 언어와 문화적 상황에서 표출된 메시지를 이차적 언어와 그 문화적 정황으로 옮기는 과정이라고 말한다.(Larson 1998: 1-7) 그리고 성경번역을 시작할 때 제기해야 할 몇 가지 질문이 있다: 이 번역은 누구를 위한 것인가? 번역의 목적은 무엇인가? 번역하려는 본문이 무엇인가 등이다. 다음은 본 연구의 핵심이라 할 수 있는 수사적 표현의 번역 방법에 있어서 선행되어야 할 수사학과 해석학 그리고 텍스트언어학을 살펴본다.

2.4 수사학과 해석학 그리고 텍스트 언어학

   수사학과 해석학, 그리고 텍스트 언어학은 성경번역에 있어서 상당히 중요한 부분을 차지하고 있다. 언어학이란 무엇인가? 사실 이 문제가 풀리면 수사학과 해석학이라는 것이 무엇인가라는 문제가 보다 명확해질 것이다. 문명의 발달에 따라 우리의 언어로 표출되는 사상이나 감정이 매우 복잡해지지 않을 수 없고, 여기에 따라 언어의 사용이나 번역도 역시 복잡해지기 마련이다. 먼저 그리스 말에서 온 수사학'Rhetorike'과 1980 년대 후반을 기점으로 나타난 언어의 수사적 효과를 연구하는 현대 수사학을 수사적 표현(Figure of speech)이란 용어로 살펴보며 성경번역에 있어 본문 해석을 위한 언어학적 담론 분석의 통합적 방법을 살펴보자. 또한 텍스트언어학에서 텍스트를 텍스트답게 만드는 텍스트성(textuality)이 무엇인가 살펴본다.

　성경에 나타난 수사적 표현의 번역에 있어서 해석학과 텍스트 언어학의 텍스트성은 불가분의 관계라 하겠다. 성경에 나타난 수사적 표현은 뭔가 실제로 전하려 하거나 강조할 때 쓰는 표현이다. 이러한 표현들이 모국어로 나타나 해석할 때는 그리 큰 문제가 되지 않지만 번역문이 되었을 때는 당연히 문제가 된다. 이렇게 문제가 될 때 해석학과 텍스트성의 관계적 현상들을 보여줌으로써 수용언어에서 수사적 표현의 번역이 합당한가 그렇지 못한가를 볼 수 있다. 이러한 맥락에서 수사학과 수사적 표현을 살펴보자.

2.4.1 수사학과 수사적 표현

　수사학이라 하면 원래 'rhetorike'라는 그리스 말에서 나온 것으로, 공적인 연설의 기법(the art of public speaking), 혹은 논리적 토론 기법(the art of logical discussion)의 뜻을 가지고 있다.[14] 이것은 이른바 Aristotle(384-322 B.C.)의 'tekhne rhetorike', 곧 라틴 말의 'ars oratoria'이며, 처음엔 웅변술이라는 뜻으로 썼다. 즉 화자가 어떠한 내용의 이야기를 할 때, 청자로 하여금 충분하고도 완전히, 그 화자가 한 말의 의미를 이해할 수 있도록 설득하는 기술이라는 뜻으로 사용되었다. 이에 아리스토텔레스의 수사학에 대

---

[14] Aristotle(1941) 참조.

한 정의를 살펴보자.

> 수사학은 어떠한 경우에 있어서 권설(타이르며 권하는 말)에 대한 모
> 든 수단을 관찰하는 기능이라고 정의할 수 있다. 이것은 어떠한 다른
> 기술적 기능이 아니다.

곧 수사학은 어느 특수한 제목에 구애받지 않고, 그 대상이 어떠한 것이든, 수사적 표현에 관한 모든 수단이라 할 수 있다. 이른바 '수사적 표현'이라 하는 것은 반드시 화자(웅변가), 대상(내용), 청자(청중)의 3 요소가 구비되어 있을 때 비로소 성립된다. 이 세 가지 요소가 갖추어졌을 때, 화자가 이야기하는 내용, 곧 대상에 대하여 청자는 자기 자신의 입장에서 대상에 대한 판단을 내려야 한다. 여기서 판단을 내린다고 하는 것은, 그 내용의 가치 기준을 어디에 두느냐에 따라 달라진다.

화자가 발화한 내용의 의미가 청자에게 그대로 반영되지 않는 경우가 있다. 이런 경우는 두 가지가 있다. 첫째는 발화한 내용을 화자 자신이 잘못 표현하는 경우이고, 다른 또 하나는 발화한 내용을 청자 자신이 잘못 이해하는 경우이다. 그래서 화자의 표현이 완벽하고, 또 청자의 이해가 완전할 때 수사의 근본 목적이 달성된다.

케네디(Kennedy 1984: 3)는 수사학을 "화자나 저자가 그의 목적을 성취하기 위해 추구하는 담화[15] 자질"이라 정의했다. 이것은 수사학의 의미가 무엇인가를 정확하게 전하고자 하는 '목적 중심'이라는 말과 같은 맥락이다.(Leech 1983: 15-18) 현대수사학은 독자에게 주는 수사적 영향과 강도라는 측면과 관련해서, 특히 수사적인 상황의 문제를 풀기 위한 목적과 관련

---

[15] 담화와 텍스트는 넓은 의미로는 실제 상황에 사용되는 '문장들의 연쇄체'의 개념으로 동일하게 사용된다. 그러나 좁은 의미에서 담화는 언어 수행, 구어, 기술에 초점을 두는 반면, 텍스트는 언어 능력, 문어, 규범화에 초점을 둔다.

해서, 설득성(persuasiveness)과 논증성(argumentativeness)에 역점을 둔다. 이러한 수사학에는 다음과 같은 여러 종류의 수사적 표현이 있다.

수사적 표현이란 화자가 청자의 주의를 집중시키거나 어떤 호기심이나 감정을 불러일으키기 위하여 사용하는 말의 특별한 사용법이다.(Barnwell 1999: 156) 그러나 수사적 표현의 실제적인 의미와 문자적 의미는 종종 다르게 나타난다. 다음과 같은 영문의 예를 통해서 실제적인 의미와 문자적인 의미가 다르다는 것을 살펴보자.(Larson 1998:125)

A	B
I don't have my eye on you.	I don't remember you.
I've already buried my eye.	I'm already ready to go.
My eye is hard on you.	I remember you.

위의 A 와 B 에서 본 것처럼 각 언어는 다른 종류의 수사적 표현이 있다. 성경 번역에 있어서도 원전의 수사적 표현이 수용 언어에서는 다른 의미로 번역되는 예가 많다.

Barnwell(1999: 156)은 수사적 표현이 사용되는 목적을 다음과 같이 나타냈다.

1) 강조하기 위하여(예들 들면 과장법, 곡언법)
2) 화자의 확실한 태도를 보여주기 위하여(예를 들면 풍유법)
3) 청자의 관심을 끌기 위하여(예를 들면 돈호법)
4) 청자의 감정반응을 일으키기 위하여(예를 들면 수사 의문문의 놀람, 비난, 동정 등).
5) 문체의 변화를 주기 위하여(예를 들면 교차 대구법, 환유, 제유)

이러한 수사적 표현의 종류에는 수사의문문(Rhetorical Question), 은유

(Metaphor)와 직유(Simile), 완곡어법(Euphemism), 과장법(Hyperbole)과 이중 부정(Litotes), 풍자(Sarcasm)와 아이러니(Irony), 의인화(Personification), 돈호법 (Apostrophe), 교차대구법(Chiasmus), 환유(Metonymy) 그리고 제유(Synecdoche) 등이 있다.

2.4.2. 현대언어학과 해석학

해석학(Exegesis)은 성경번역, 특히 수사적 표현의 번역 방법에 있어서는 필수적인 연구분야다. 해석 원리에 대해서 박형용(2002: 167-176)은 "문법적-역사적" 해석법이 있다고 설명하고 있다. 즉 "문법적이라는 말은 문자적(literal)이라는 말과 본질적으로 같다. 영어에 익숙한 우리들은 문법적이라 하면 단어와 구절을 배열하여 문장을 만드는 것으로 그 뜻을 이해하게 된다. 그러나 성경해석에서 "문법적"이라 하면 성경에 사용된 단어와 구절이 쓰일 때 무슨 뜻으로 사용되었는지를 찾는 것이다. 역사적이란 말은 역사적인 형편 가운데서 저자가 사용한 용어의 뜻을 찾아내는 것이다. 즉 저자의 시대와 형편을 연구하여 저자가 사용한 말의 참뜻을 찾아내는 것이다." 이와 관련하여 해석학의 역사적 측면에서 김상훈(2003: 22)은 초대 교회에서는 크게 두 가지로 대별되는 해석 방법론이 사용되었다고 밝히고 있다.[16]

해석학에 있어서 문학적 접근 방식은 전통적인 문법적 해석을 계승하면

---

[16] "초대 교회에서는 크게 두 가지로 대별되는 해석 방법론이 사용되었다. 하나는 이집트 알렉산드리아의 필로(Philo)와 유대주의적인 영향을 받은 알레고리(allegory, 풍유) 방식의 해석 방법론이 있었고 또 하나는 소아시아 안디옥의 크리소스톰 (Chrysostom)을 중심으로 하는 문법적-역사적(grammatical-historical) 해석 방법론이 었다."

서 좀 더 기술적으로 보완하고 '발전해 나가는' 방법이라 할 수 있다.

언어학은 20 세기에 들어서면서 드 소쉬르(de Saussure)와 촘스키(Chomsky)의 영향으로 역사적-통시적(historical-diachronic) 관점에서 시대적-공시적(contemporary-synchronic) 관점으로 패러다임이 전이(transfer)되었다.[17] 통시적, 공시적 용어의 창시자 소쉬르가 있는 반면에 20 세기 언어학에 있어서 최대의 화제라면 당연히 촘스키(Chomsky)의 '언어능력과 언어수행'이다.(Sampson 1980: 131)

Sampson(1980: 235)에 의하면, 1980 년까지 대부분의 언어학자는 Chomsky 계열로 언어 능력에 비중을 둔 학자들이란 것이다. 그러나 그 후에는 런던학파와 같은 기능주의자들이 힘을 얻어 가고 있는 형편이라고 설명한다. 즉 언어의 수행성을 강조하는 그룹이 런던학파뿐만 아니라 사회언어학, 화용론, 담화론, 새로운 문체론, 기호학 등을 연구하는 학파들이 언어수행에 보다 많은 비중을 두고 있다는 것이다.

Louw(1986: 114)와 Wilder(1991)는 언어의 모든 특징과 요소들을 거론하는 '분석의 포괄적 이론'(comprehensive theory of analysis)을 촉구했다. 즉 해석을 할 때 언어의 다른 측면들에 대한 이해나 고려가 없이 단지 한두 가지의 초점만을 강조하는 경향들에 대해서 Louw 는 비판을 하고, 배타성보다는 포괄적 해석방식을 강조했다. 이들과 비슷한 맥락에서 Stibbe(1992)는 공시적(문학적) 측면과 통시적(역사적)인 측면 모두를 본문 연구에 통합적으로 시도했다. 또한 Jonker(1997)도 공시성과 통시성을 융합한 방법을 커뮤니케이션 모델의 전달자-매개체-수용자(sender-medium-receiver)에게 각각 적용해서 본문에 대해 통합적인 이해를 시도했다.

---

[17] 통시적(diachronic) 이란 단어의 변화가 어떤 특정한 시점에 어떤 의미로 사용되게 되었나를 설명하는 것이고, 공시적(synchronic)이란 단어가 어떤 시점에서 어떤 의미로 사용되고 있는지를 파악하는 것, 즉 그 당시의 용법에 대한 것을 말하는 것이다.

Robins(1996)의 '사회수사학' 이론도 그 시각이 포괄적이기 때문에 기존 해석학의 방법론적 한계를 극복하는 새로운 대안으로서 통합적 방법론으로 인정을 받고 있다. 또한 Robins 는 "최근 성경 해석학에 있어서 고전 수사학적 연구가 많은 주목을 받고 있는 이유는 이 방법이 역사적 관점과 문학적 관점을 모두 수용해 주기 있기 때문일 수 있다. 역사적 토대를 중요시하면서도 당시의 문학적 방식에 대한 이해를 강조한다는 점에서 그렇다"고 했다.

2.4.3. 텍스트언어학과 텍스트성

Brinker(1992: 8)에 따르면 텍스트학(Textwissenschaft)은 텍스트를 대상으로 하는 모든 학문을 가리키고, 텍스트를 유형화할 수 있는 기준 설정을 그 과제로 삼는다. 모든 학문 영역에서는 텍스트를 다양한 관점에서 다양한 목표를 설정하여 연구한다. 예를 들면 신학에서는 종교적인 텍스트(성경)의 해석을, 번역학은 번역되어야 할 또는 이미 번역된 텍스트를 취급하며 원문텍스트가 번역텍스트의 문화권에서 어떤 위상을 가지는지를 명확히 연구하는 것이다. 텍스트언어학의 과제는 텍스트를 텍스트답게 만드는 텍스트성의 규명에 있다.

다음은 텍스트성의 기본적 이론이 무엇인지 살펴보자.

Beaugrande & Dressler(1981: 3)에 따르면 일련의 문장들이 텍스트로서 자격을 갖추기 위해서는 충족되어야 할 일곱 가지 기준, 즉 응결성(cohesion), 응집성(coherence), 의도성(intentionality), 수용성(acceptability), 정보성(informative-ness), 상황성(situationality), 상호텍스트성(intertextuality) 등이 있으며, 각 언어마다 고유의 문법과 어휘가 존재하듯이 고유의 텍스트성의 기준이 있다. 또한 이러한 텍스트성의 일곱 가지 기준을 Bell(1999: 163-164)은 다음과 같이 설명하고 있다. 특히 이들 일곱 가지 특징은 기본적인 것이어서 이 중 어떤 한 가지를 만족시키지 못하면 전체를 만족시키지 못한다고 주장하고 있다. 즉 이 특징 중 어느 하나라도 결여된 텍스트는 텍스트가 아니라 단순한 어휘, 음 또는 글자들의 집합체에 불과하게 된다고 말하고 있다.

1) 절이 어떻게 서로 연결되어 있나?(응결성)
2) 명제가 서로 어떻게 연결되어 있나?(응집성)
3) 왜 화자/저자가 이것을 산출하였나?(의도성)
4) 독자는 그것을 어떻게 받아들이는가?(용인성/수용성)
5) 그것은 우리에게 무엇을 말해주고 있는가?(정보성)
6) 이 텍스트는 무엇 때문에 있는가?(관련성/상황성)
7) 이 텍스트가 다른 어떤 텍스트와 유사한가?(상호텍스트성)

위에서 살펴본 것처럼 일곱 가지의 텍스트성 기준들 가운데 첫 번째 기준은 응결성이다. Baker(2001: 180-181)는 Halliday & Hasan 의 이론을 설명하면서, 응결성이란 텍스트의 요소들 사이에 존재하는 문법적 연결 관계를 나타내는 것으로, 지시(reference), 대용(substitution), 생략(ellipsis), 접속(conjunction) 등이 있고, 또한 어휘적 응결성에는 반복(repetition)과 연어(collocation)가 있다.

Beaugrande & Dressler(1981)는 두 번째 텍스트성 기준으로 응집성(coherence)을 설명한다. 응집성이란 개념들의 연결관계를 의미하는데 이러한 개념들의 연결 관계를 파악하는 데 있어 가장 중요한 것이 문맥이다. H. Bußmann(1990: 389)에 의하면 응집성은 문장들 간의 내용적, 인지적 결속관계만을 문제 삼을 뿐 통사적 수단들은 고려하지 않는다고 설명한다. 또한 그녀는 하나의 텍스트가 되기 위해서는 문장들 사이에 내용적 또는 인지적 응집 관계가 성립되어야 한다고 말한다.

다음으로 의도성(intentionality)은 메시지를 통하여 정보 전달이나 의견

제시와 같은 구체적인 목표를 성취하고자 하는 화자의 담화 의도를 말하는 것이다.(Vater, H. 1994, 정희자, 1999: 12 재인용) 즉 의도성이란 텍스트를 만드는 사람이 취하는 방향을 말하는 것이다. 이런 의도성과는 역의 관계로 용인성이 있는데, 용인성이란 일련의 문장들이 하나의 텍스트로서의 자격을 갖추기 위해서 청자들에게 유용하고 적합한 것으로 받아들여져야 한다는 것을 말한다. Bell(1995: 167)은 이 용인성을 다른 말로 수용성이라 표현하는데 이것은 의도성과는 달리 받는 사람이 취하는 방향을 말하는 것이다. 그러므로 용인성 기준에 의하면 수용 가능한 문장이라도 비문법적일 수 있으며, 문법적 문장이라도 수용성의 관점에서 보면 적합하지 않을 수도 있다.

또한 텍스트성의 나머지 세 가지 기준에는 정보성이 있어야 하며 이것은 제시된 텍스트에는 정보가 담겨 있어야 한다.(Bell 1995: 167-168) 다시 말해서 텍스트에는 어느 정도 전달되는 정보의 양도 있어야 하며 청자에게 새로운 정보를 전달할 수 있어야 한다. 다음으로 기준이 되는 것이 상황성(situationality)인데 Bell(1995: 167)은 이러한 상황성을 유효성, 관여성(relevance)이라는 용어로 대신 사용하고 있다. 즉 상황성(situationality)이란 한 텍스트를 그 발화의 상황에 적합한 것으로, 즉 의사소통에 적합하도록 만드는 요인이다.

이제 마지막 기준으로 상호텍스트성(intertextuality)은 특정 텍스트와 그 텍스트와의 특징을 함께 나누는 다른 텍스트 간의 연관 관계를 말한다.(Bell 1995: 168) 다시 말해서 이것은 일련의 문장들에서 한 문장의 의미나 형태가 다른 문장과 관련되는 것을 의미한다. 이러한 텍스트성과 관련하여 형식일치보다는 내용일치 번역이 꼭 이루어져야 의미가 통할 수 있는 수사적 표현의 번역방법과 텍스트성에 비추어 본 영한 성경 번역 비교를 살펴본다.

제 3 장

수사 의문문(Rhetorical Question)의 영 · 한 번역비교

3.1 수사 의문문의 정의

일반적으로 의문문(interrogative sentence)은 질문(question)이나 요청(request)을 하기 위하여 사용되는 문장 형태이다. 의문문은 대답을 구하는 상황에서 쓰이게 된다. 그러나 의문문이 대답을 구하지 않는 화행에서도 사용되는 것은 널리 알려진 사실이다. 예를 들어, 의문문 A 는 B 와 같은 평서문의 의미로 쓰일 수 있다.

A	B
When are you coming?	You come right now!
Why don't you come?	You come with me (if you like)!
Why did you come?	You should not have come!

이와 같이 문장 형태는 질문이지만 사실상 언표내적 말힘(Illocutionary Force), 즉 진술이나 단언 혹은 명령이나 요청으로 해석할 수 있는 의문문을 수사의문문(Rhetorical Question)이라고 부른다.(Larson 1998: 257) 이러한 문장 형태와 언표내적 말힘에 관련해서 Larson(1998: 262-263)은 일상적인 언어 행위를 평서문(declaratives), 명령문(imperative), 의문문(interrogatives)의 세 가지 기본적인 문장 형태로 구분할 수 있다고 설명하고 있다. 그리고 이들 문장 형태와 언표내적 말힘(진술/단언, 명령/요청, 질문)과의 관계에 따라 직접화행[18]과 간접화행[19]으로 구분할 수 있다. 의문문이 간접화행, 즉

---

[18] 정희자(2002:149)는 직접화행을 다음과 같이 설명한다. "직접화행이란 문장의 형

수사적으로 해석될 수 있는 것은 특수한 언어에 국한된 것이 아니라 언어의 보편적인 현상이다. 결국 수사적 질문은 어떤 정보를 알아내려고 질문하는 것이 아니라 다른 목적이 있어서 질문하는 경우이다.

히브리어나 헬라어의 경우 수사적 질문이 자주 나오는데, 선언을 강하게 하거나 상대방을 강하게 비판하거나 꾸짖을 때 사용된다.(Beekman & Callow 1988:228)

성경 번역가이며 언어학자인 Beekman & Callow(1988: 229)의 연구에 따르면, 헬라어 신약성경에서 여러 기능을 발휘하는 구조 중 하나가 바로 의문문인데, 신약성경에 대략 의문문이 1,000개 정도 나타나며 이는 비교적 흔한 구조라 했다.

의문문은 일반 의문문(Real Question)과 수사 의문문(Rhetorical Question)으로 나뉘는데, 그중에 일반 의문문은 흔히 의문문하면 떠오르는 것으로서 정보 획득을 목적으로 한다. 이런 형태는 어느 언어에서나 보편적으로 존재하며 실제로 외국인들이 가장 먼저 배우는 구조이기 때문에 번역할 때 크게 문제가 되지 않는다. 그러나 신·구약 성경에 등장하는 의문문 중 70%를 차지하고 있는 수사의문문의 경우에는 그렇게 간단하지가 않다. 의문문의 형태를 갖추고 있기는 하지만 정보 획득이 목적이 아니라 정보를 전달하거나 혹은 정보에 주의를 집중시키고 화자의 태도나 의견을 표현하는 것이 목적이기 때문이다.(Barnwell 1999: 169) 성경에 등장하는 일반의문문

태와 언표내적 말힘이 일치하는 경우이다. 평서문이 진술이나 단언의 언표내적 말힘을, 명령문이 명령이나 요청의 언표내적 말힘을, 의문문이 질문의 언표내적 말힘을 갖는 경우에 나타나는 효과를 직접화행이라 한다."

[19] 정희자(2002: 150)는 간접화행을 다음과 같이 설명한다. "간접화행이란 발화되는 문장의 형태와 전달되는 언표내적 말힘이 다른 것으로, 평서문이 명령이나 질문의 언표내적 말힘을, 의문문이 단언이나 명령의 언표내적 말힘을, 또는 명령문이 단언이나 질문의 언표내적 말힘을 나타내는 것이 있다."

은 대부분 복음서와 사도행전에 실려 있으며, 그것도 대개는 대화에 나타난다. 반면에 수사 의문문은 성경 전체에 고루 분포되어 있는데, 특히 바울 서신에서 많이 찾아볼 수 있다. 그 예로 로마서에는 83 개, 고린도전서에는 적어도 100 개가 등장하는데 이는 성경의 어느 부분보다 수사 의문문이 더 많은 편이다.(Beekman & Callow 1988: 229)

Larson(1998: 258)에 따르면 수사 의문문은 문법적 형태와 의미가 서로 일치하지 않는다고 설명하고 있다. 이런 불일치 현상은 언어에 따라 달라질 수 있는데 이것은 어떤 언어도 수사 의문문이 동일한 방식과 동일한 빈도로 사용되지 않기 때문이다. 따라서 번역가는 원천언어의 수사 의문문의 기능뿐만 아니라 수용언어(목표언어)의 기능도 완전히 소화하고 이해할 수 있어야 한다. 원천언어와 수용언어에서의 수사 의문문 기능은 서로 일치하지 않기 때문에 원문의 수사 의문문을 형식적 일치로 하게 되면 성경 해석학적인 면과 의미전달의 역동적인 면에서 실패하기 쉽기 때문이다.(Barnwell 1992: 80-81)

3.2 성경의 일반 의문문과 수사 의문문의 구별

성경에 나오는 의문문들을 검토하다 보면 번역가는 각각의 의문문들을 해결하기 위해 기본적으로 다음 두 가지점을 고려하게 된다.

1) 이것이 일반 의문문인가 수사 의문문인가?
2) 이 의문문의 목적은 무엇인가?

여기에서 본 연구는 일반 의문문과 수사 의문문을 구별하는 기준에 대해 논하고 그다음에는 일반 의문문과 수사 의문문이 수행하는 다양한 기능들을 알아보며 수사적 표현의 기준에 입각해서 한국어 성경 번역(킹제임스 흠정역, 개역, 공동번역, 표준새번역) 가운데 어느 번역이 텍스트성에 합당한가를 살펴보겠다.

일반 의문문과 수사 의문문을 구별하기 위해 살펴보아야 할 것은 문맥이다. 앞의 문맥[20]과 바로 뒤에 이어지는 문맥을 유의해서 살펴보아야 한다. 왜냐하면 앞의 문맥은 간단한 증거를 제시해 주기 때문이다. 의문문 다음에 이어지는 문맥에서 증거를 찾으려면 일반 의문문과 수사 의문문의 기능에 기본적인 차이가 있음을 기억해야 한다. Barnwell(1999: 169)에 따르면 일반 의문문은 정보를 이끌어내기 위한 것이고 수사 의문문은 정보를 전달하거나 정보에 주의를 집중시키기 위한 것이라고 설명하고 있다.[21] 따라서 일반 의문문에 대해서는 누군가 대답할 것이고, 그는 화자가 아닌 청자일 것이라고 예상할 수 있다. 반대로 수사 의문문에 대해서는 대답이 뒤따르지 않으며 혹시 누군가 대답하더라도 그것은 다른 사람이 아닌 바로 화자 자신일 것이라고 예상할 수 있는 것이다.

그렇다면 그 대답의 종류와 또 대답하는 자가 누구냐 하는 것은 바로 의문문 뒤에 이어지는 문맥에서 찾아지는 정보임이 분명하다. 따라서 성경에 나오는 거의 모든 의문문에 적용할 수 있는 기본 지침은 다음과 같다. 즉 의문문에 화자 외의 청자 또는 다른 사람이 답하면 그것은 일반 의

---

[20] 문맥이란 텍스트를 구성하고 있는 언어적 문맥과 텍스트를 벗어난 주변적 문맥으로 정리할 수 있다. 언어적 문맥이 텍스트의 표층적 층위를 형성하는 것이라면, 주변적 문맥이란 텍스트를 둘러싼 모든 맥락들을 말하며, 즉 각각의 언어에 내재하는 문화적 특징을 지칭한다. 따라서 번역가의 인식에 있어 심층적 층위를 형성하는 것이다.

[21] A REAL question asks for information, and is usually followed by an answer.

A RHETORICAL question does not ask for information. It has some other purpose.

문문이고, 대답이 없거나 화자 본인이 대답하면 그것은 수사 의문문이라할 수 있다. 그러나 성경에서 보여지는 매우 다양하고 폭넓은 문맥 내에서제공되는 데이터를 분석하고 수사적 표현에 대한 올바른 번역을 하기 위해서는 이런 일반적인 기준 외에 좀 더 세부적인 기준이 필요하다. 우선일반 의문문에 대한 기준을 살펴보고 그다음에는 수사 의문문에 대한 세부적 기준을 살펴본다.

3.2.1 일반 의문문의 특징에 대한 세부적 기준과 성경 번역 비교

화자가 그 대답을 이미 알고 있다 해도 정보를 이끌어내려는 의문문은일반 의문문이다. 학생이 정답을 알고 있는지 알아보려는 질문이나 논쟁을 위한 질문, 상대방이 특정 관점을 갖도록 하기 위한 질문들은 모두 일반 의문문이다.[22] 다음으로 마가복음 6:38을 살펴보며 일반 의문문에 대해논해본다.

Mark 6:38

(NIV) "How many loaves do you have?" he asked. "Go and see." When they found out, they said, "Five-and two fish."

(KJV) He saith unto them, How many loaves have ye? Go and see. And when

---

[22] * 앞으로 나오는 영어성경(KJV, NIV, GNB)과 비교되어 나오는 한국어 성경의 담화-텍스트형은 개역, 공동번역, 표준새번역 개정판 그리고 킹제임스 한글성경(그리스도 예수안에)이며 굳이 성경을 비교하지 않을 때는 괄호( ) 안의 한국어 번역은 필자의 것으로 대치하였다.

they knew, they say, Five, and two fishes.

(흠한) 그분께서 그들에게 이르시되, <u>너희에게 빵이 몇 개나 있느냐?</u> 가서 보라, 하시니 그들이 알아보고 이르되, 다섯 개와 물고기 두 마리가 있나이다, 하거늘

(개역) 이르시되 <u>너희에게 떡 몇 개나 있느냐</u> 가서 보라 하시니 알아보고 가로되 떡 다섯 개와 물고기 두 마리가 있더이다 하거늘

(공동) 예수께서는 "<u>지금 가지고 있는 빵이 몇 개나 되는가</u> 가서 알아보아라" 하셨다. 그들이 알아보고 돌아와서 "빵 다섯 개와 물고기 두 마리가 있습니다" 하자

(표준) 예수께서 그들에게 말씀하셨다. "<u>너희에게 빵이 얼마나 있느냐?</u> 가서, 알아보아라." 그들이 알아보고 말하였다. "빵 다섯 개와 물고기 두 마리가 있습니다."

위의 마가복음 6:38 의 일반 의문문은 반드시 답을 얻는다는 보장은 없지만 답을 기대하고 묻는 질문이다. 이처럼 문자적 표현의 형태와 언표내적 말힘이 일치하는 경우에 이루어지는 화행은 성경 번역에 있어서 그리 큰 문제가 되지 않는다.

다음은 질문자가 미리 대답을 알면서도 질문하는 일반 의문문을 살펴보자.

John 6:5, 6
(NIV) When Jesus looked up and saw a great crowd coming toward him, he said Philip, "<u>Where shall we buy bread for these people to eat?</u>" He asked this only to test him, for he already had in mind what he was going to do.

(KJV) When Jesus then lifted up his eyes, and saw a great company come unto him, he saith unto Philip, <u>Whence shall we buy bread, that these may eat?</u> And this he said to prove him: for he himself knew what he would do.

(흠한) 예수님께서 눈을 들어 큰 무리가 자기에게로 오는 것을 보시고 빌립에게 이르시되, <u>우리가 어디서 빵을 사서 이들을 먹이겠느냐?</u> 하시니 이렇게 말씀하신 것은 친히 어떻게 하실 것을 아시고 그를 시험하고자 하심이라.

(개역) 예수께서 눈을 들어 큰 무리가 자기에게로 오는 것을 보시고 빌립에게 이르시되 <u>우리가 어디서 떡을 사서 이 사람들로 먹게 하겠느냐</u> 하시니 이렇게 말씀하심은 친히 어떻게 하실 것을 아시고 빌립을 시험코자 하심이라

(공동) 예수께서는 큰 군중이 자기에게 몰려오는 것을 보시고 필립보에게 "<u>이 사람들을 다 먹일 만한 빵을 우리가 어디서 사올 수 있겠느냐?</u> 하고 물으셨다. 이것은 단지 필립보의 속을 떠보려고 하신 말씀이었고 예수께서는 하실 일을 이미 마음 속에 작정하고 계셨던 것이다.

(표준) 예수께서 눈을 들어서, 큰 무리가 자기에게로 모여드는 것을 보시고, 빌립에게 말씀하셨다. "<u>우리가 어디에서 빵을 사다가, 이 사람들을 먹이겠느냐?</u>" 예수께서는 빌립을 시험해 보고자 이렇게 말씀하신 것이었다.

위의 요한복음 6:5, 6 의 경우는 질문자가 미리 대답을 알면서도 질문하는 일반 의문문이다. Larson(1998: 257-259)에 의하면 어떤 언어에서는 질문자가 미리 대답을 알면서도 질문하는 경우가 없으며 설령 있다 해도 제한된 맥락에서만 사용된다고 설명한다. 이와 같은 일반 의문문의 특성에 따라 위의 4 종류의 한국어 번역, 즉 흠한, 개역, 공동번역, 표준새번역을 텍

스트성에 입각해서 살펴보면 개역성경보다는 공동번역과 표준새번역이 일반 의문문의 기준을 충족한다.[23] 특히 개역은 일반 의문문의 가장 기본이라 할 수 있는 물음표(?)도 없다는 점에서 텍스트성의 일곱 가지 기준 중에서 의도된 청자들에게 유용하고 적합한 수용성[24]이 다른 번역본에 비해 약하다는 것을 알 수 있다. 즉 텍스트로서의 자격을 갖추기 위해서는 의도된 청자들에게 유용하고 적합한 것으로 받아들여져야 한다는 것을 의미한다. 사실 수용자들이 번역을 받아들이는 것은 텍스트의 질 때문만이 아니라 텍스트를 정확히 이해하기 때문이다. 이러한 점을 고려해 볼 때 텍스트성의 일곱 가지 기준 중에서 수용성이 다른 기준보다도 중요하다 하겠다. 이것은 성경 번역에 있어서 형식일치의 동일성보다는 내용일치의 등가성이 중요하다는 Nida(1982: 13)의 이론과도 맥을 같이한다고 볼 수 있다.

또한 의문문에 있어서 어떤 질문에 등장하는 인물이 역사적으로 실존하는 인물이 아니더라도 이는 일반 의문문일 수 있다.(Beekman & Callow 1988: 231) 이런 예는 몇몇 비유에서 찾아볼 수 있는데, 가령 다음의 가라지 비유에서 보면 알 수 있다.

> Matthew 13:27-29
>
> (KJV) So the servants of the householder came and said unto him, <u>Sir, didst not thou sow good seed in thy field? From whence then hath it tares?</u> He said unto them, an enemy hath done this. The servants said unto him, Wilt thou then that we go and gather them up? But he said, Nay; lest while ye gather up the tares, ye root up also the wheat with them.

---

[23] 필자가 말하는 것은 전체적으로 그렇다는 것이 아니라 필자가 연구한 부분에만 한정함.

[24] 학자들에 따라 이들 일곱 가지 기준들이 서로 달리 취급되고 있다. 의도성과 수용성을 텍스트의 기준으로보다는 의사소통의 전제 조건으로 보는 견해도 있다.(정희자 1999: 18)

58

(NIV) The owner's servants came to him and said, 'Sir, didn't you sow good seed in your field? Where then did the weeds come from?' 'An enemy did this', he replied. The servants asked him, 'Do you want us to go and pull them up?' 'No', he answered, 'because while you are pulling the weeds, you may root up the wheat with them.'

(흠한) 그 집 주인의 종들이 와서 주인에게 이르되, 주여, 밭에 좋은 씨를 뿌리지 아니하였나이까? 그런데 가라지는 어디서 생겼나이까? 하매 주인이 이르되, 원수가 이렇게 하였구나, 하니 종들이 이르되, 그러면 우리가 가서 그것들을 뽑아 모으기를 원하시나이까? 하매 주인이 이르되, 아니라. 가라지를 뽑아 모으다가 곡식까지 뽑을까 염려하노라.

(개역) 집 주인의 종들이 와서 말하되 주여 밭에 좋은 씨를 심지 아니하였나이까 그러면 가라지가 어디서 생겼나이까 주인이 가로되 원수가 이렇게 하였구나 종들이 말하되 그러면 우리가 가서 이것을 뽑기를 원하시나이까 주인이 가로되 가만 두어라 가라지를 뽑다가 곡식까지 뽑을까 염려하노라

(공동) 종들이 주인에게 와서 '주인님, 밭에 뿌리신 것은 좋은 씨가 아니었습니까? 그런데 가라지는 어디서 생겼습니까?' 하고 묻자 주인의 대답이 '원수가 그랬구나!' 하였다. '그러면 저희가 가서 그것을 뽑아 버릴까요?' 하고 종들이 다시 묻자 주인은 '가만 두어라. 가라지를 뽑다가 밀까지 뽑으면 어떻게 하겠느냐?'

(표준) 그래서 주인의 종들이 와서, 그에게 말하였다. '주인 어른, 어른께서 밭에 좋은 씨를 뿌리지 않으셨습니까? 그런데 가라지가 어디에서 생겼습니까?' 주인이 종들에게 말하기를 '원수가 그렇게 하였구나' 하였다.

종들이 주인에게 말하기를 '그러면 우리가 가서, 그것들을 뽑아 버릴까

요?' 하였다. 그러나 주인은 이렇게 대답하였다. '아니다. 가라지를 뽑다
가, 가라지와 함께 밀까지 뽑으면, 어떻게 하겠느냐?'

    위와 같은 일반 의문문을 번역할 때 고려해야 할 또 하나의 요소는 문
맥을 전이시키는 요소의 번역이다. 위의 마태복음 13:27-29 의 번역에 나타
난 '그런데' 또는 '그러나'는 두 요소를 연결하는 기능을 가진 접속사와 구
별되어(민영진 1996: 236) 문맥이 한 단위에서 다른 단위로 넘어가는 길목
에 이정표처럼 자리잡고 문맥을 전이시키는 역할을 한다. 따라서 이 경우
텍스트의 요소들 사이에 존재하는 문법적 연결관계를 나타내주는 접속
(conjunction) 부분인 응결성과 내용적, 인지적 결속 관계를 나타내 주는 응
집성의 특성을 고려해야 한다. 위 예문의 개역성경 번역인 '집 주인의 종
들이 와서 말하되 주여 밭에 좋은 씨를 심지 아니하였나이까 그러면 가라
지가 어디서 생겼나이까'에서 '그러면'이라는 문맥을 전이시키는 요소는
표준새번역이나 공동번역에 나타나 있는 '그런데'보다 문장 결속력을 약하
게 한다고 볼 수 있다. 물론 경우에 따라서는 이러한 요소들을 과감하게
생략해 버림으로써 의문문 전체에 힘을 줄 수도 있다.
    다음은 의문문 두 개가 하나의 기능을 함으로써 그에 대한 대답 역시
하나가 주어지는 예를 살펴본다. 이런 경우 첫 번째 의문문은 포괄적인 내
용이고 두 번째 의문문은 구체적인 내용을 담고 있다.

Mathew 22:42

(GNB) "What do you think about the Messiah? Whose descendant is he?"

(NIV) What do you think about the Chritst? Whose son is he?

(KJV) Saying, What think ye of Christ? Whose son is he?

(흠한) 이르시되, <u>너희는 그리스도에 대하여 어떻게 생각하느냐? 그가 누구의 자손이냐?</u>

(개역) <u>너희는 그리스도에 대하여 어떻게 생각하느냐 뉘 자손이냐</u>

(공동) "<u>너희는 그리스도를 어떻게 생각하느냐? 그는 누구의 자손이겠 느냐?</u>"

(표준) "<u>너희는 그리스도를 어떻게 생각하느냐? 그는 누구의 자손이냐?</u>"

위 구절에서 예수의 첫 번째 질문은 "<u>너희는 그리스도에 대하여 어떻게 생각하느냐?</u>"이며 이는 포괄적이지만 두 번째 질문인 "<u>누구의 자손이냐</u>" 가 보다 구체적임을 알 수 있다. 예수의 질문에 대한 대답은 보다 구체적 인 두 번째 질문에 대해 초점이 맞춰져 있으며, 따라서 그 대답은 보다 포 괄적인 첫 번째 질문의 답으로도 잘 들어맞을 수 있다. 마태복음 21:28, 31 에 대해서도 동일한 해석이 가능하다. 28절의 "<u>너희는 어떻게 생각하느 냐?</u>"가 포괄적인 질문인 데 반해 31절에서는 "<u>그런데 이 둘 가운데서 누 가 아버지의 뜻을 행하였느냐?</u>"라고 구체적으로 묻고 있다.

일반 의문문은 대부분의 경우 번역에 있어서 특별한 문제가 발생하지 않는다. 그러나 문화적 차이와 같은 특별한 경우에 있어서 번역가는 세심 한 주의를 기울여야 한다. Larson(1998: 261)은 문화적 차이에서 발생하는 번역의 문제점을 다음과 같은 예를 들어 설명하고 있다. 영어의 "Would you like to drink tea?"은 상대방에게 "차 한잔 하시겠습니까?"라는 정중한 표 현의 일반 의문문이다. 그러나 이 표현이 베트남에서는 "Take this tea and drink it"("차를 마셔")라는 화자의 명령형으로 오해되어 청자는 마음속으로 생각하기를 "Maybe he doesn't want me to drink tea."("아마 그 사람은 내가 차 마시는 것을 원치 않을 거야")라고 생각할 수 있다는 것이다. 즉 의문문

번역에 있어서 문자적인 번역으로 인하여 원천언어와 수용언어 사이에 잘못된 의미가 전달될 수 있기 때문에 번역가는 이러한 의문문에 나타나는 화자의 의도를 잘 살펴서 의미가 통하게 번역 조정이 필요하다는 것이다.

3.2.2 수사 의문문의 특징에 관한 세부 기준

앞에서는 문맥상 일반 의문문임을 알게 해주는 정보와 한국어 성경 번역 텍스트성에 대해서 살펴보았다. 이번에는 수사적 표현 중에 수사 의문문의 특징과 번역에 대해 구체적으로 살펴보고자 한다.

수사 의문문의 가장 일반적인 특징은 화자의 질문에 대한 청자의 대답을 요구하지 않는다는 데 있다. 수사 의문문은 기본적으로 청자에 대한 화자의 내면적 의도를 전달하는 데 있기 때문이다. Larson(1998: 258-259)은 수사 의문문의 특징을 다음과 같은 간단한 예를 통해 설명하고 있다.

<u>When are you going to empty the garbage?</u>

Larson 에 의하면 Aguaruna 어에는 이와 같은 질문에서 일반 의문문은 존재하지 않고 수사 의문문만 사용된다. 따라서 위의 문장을 Aguaruna 어로 번역하면 다음과 같이 된다: "Quickly, quickly, why are-you-like that? Quickly garbage you-throw-out!", 즉 "빨리, 빨리 해, 왜 그렇게 동작이 느린 거야? 빨리 쓰레기를 치워!"이다.(Larson 1998: 258) 이와 같이 수사 의문문은 번역할 때 일반 의문문처럼 문자적 번역이 아니라 화자가 말하는 의미를 잘 파악해서 의미가 통하는 문장으로 재해석해야 한다.

성경에서는 많은 수사 의문문이 주로 신약성경 서신서에 등장한다. 이는 저자 자신의 물음에 대하여 저자 외에는 아무도 대답할 이가 없다는

62

서신서의 특징 때문이다.(Beekman & Callow 1988: 240) 다음은 복음서 본문의 내용을 보며 수사 의문문으로 표현된 것을 살펴보자.

> Luke 13:7, 8
>
> (GNB) So he said to his gardener, 'Look, for three years I figs on this fig tree, and I haven't found day. Cut it down! <u>Why should it go on using up the soil?</u>' But the gardener answered, "Leave it alone, sir, just on more year; I will dig around it and put in some fertilizer."
>
> (KJV) Then said he unto the dresser of his vineyard, Behold, these three years I come seeking fruit on this fig tree, and find none: cut it down; <u>why cumbereth it the ground</u>? And he answering said unto him, Lord, let it alone this year also, till I shall dig about it, and dung it:
>
> (흠한) 이에 그가 포도원지기에게 이르되, 보라, 내가 삼 년을 와서 무화과나무에서 열매를 얻고자 하되 하나도 찾지 못하였으니 그것을 베어 버리라. '<u>그것이 어찌 땅을 버리게 하겠느냐?</u>' 하니 그가 대답하여 이르되, 주인이여, 금년에도 그대로 두소서. 내가 그 주위를 파고 거름을 주리니
>
> (개역) 과원지기에게 이르되 내가 삼 년을 와서 이 무화과나무에 실과를 구하되 얻지 못하니 찍어버리라 <u>어찌 땅만 버리느냐</u> 대답하여 가로되 주인이여 금년에도 그대로 두소서 내가 두루 파고 거름을 주리니
>
> (공동) 그래서 포도원지기에게 '내가 이 무화과나무에서 열매를 따 볼까 하고 벌써 삼 년째나 여기 왔으나 열매가 달린 것을 한번도 본 적이 없으니 아예 잘라 버려라. <u>쓸데 없이 땅만 썩일 필요가 어디 있겠느냐?</u>' 하였다. 그러자 포도원지기는 '주님, 이 나무를 금년 한 해만 더 그냥 두십시오. 그동안에 제가 그 둘레를 파고 거름을 주겠습니다.

(표준) 그래서 그는 포도원지기에게 말하였다. '보아라, 내가 세 해나 이 무화과나무에서 열매를 얻을까 하고 왔으나, 열매를 본 적이 없다. 찍어 버려라. 무엇 때문에 땅만 버리게 하겠느냐?' 그러자 포도원 지기가 그에게 말하였다. '주인님, 올해만 그냥 두십시오. 그동안에 내가 그 둘레를 파고 거름을 주겠습니다.

위의 누가복음 13:7, 8 에서 포도원 주인이 관리인에게 열매 맺지 못하는 무화과나무에 대해 "어찌 땅만 버리느냐?"고 말하자 그 관리인이 "주인이시여 올해만 그냥 두십시오. 내가 둘레를 파고 거름을 주겠습니다."라고 대답한다. 사실 관리인의 말은 주인의 질문에 대한 대답은 아니다. 그러나 주인의 질문이 일종의 수사 의문문이어서 "이 나무 때문에 더 이상 땅을 상하게 해서는 안 된다"라는 의도로 해석할 수 있다. 이러한 문맥으로 살펴볼 때 공동번역이 수사적 표현에 가장 어울리는 번역이라 하겠다. 화자의 담화 의도를 독자(청자)에게 구체적으로 가장 의미 있게 전달된 것이라 할 수 있다. 그러나 종종 수사 의문문임에도 질문에 대한 대답이 등장하는 경우가 있다. 한 예로 요한복음 7:51, 52 을 살펴보자.

John 7:51, 52

(NIV) "Does our law condemn anyone without first hearing him to find out what he is doing?" They replied, "Are you from Galilee, too? Look into it, and you will find that a prophet does not come out of Galilee."

(KJV) Doth our law judge any man, before it hear him, and know that he doeth? They answered and said unto him, before it hear him, and know what he doeth?

(흠한) 우리의 율법은 사람의 말을 듣고 그가 행한 것을 알아보기도 전에 그를 심판하느냐? 하니 그들이 그에게 대답하여 이르되, 너도 갈릴리에서 왔느냐? 조사해 보라. 이는 갈릴리에서는 대언자가 나오지 못

하기 때문이니라 하였더라.

(개역) <u>우리 율법은 사람의 말을 듣고 그 행한 것을 알기 전에 판결하느냐</u> 저희가 대답하여 가로되 너도 갈릴리에서 왔느냐 상고하여 보라 갈릴리에서는 선지자가 나지 못하느니라 하였더라

(공동) <u>"도대체 우리 율법에 먼저 그 사람의 말을 들어 보거나 그가 한 일을 알아보지도 않고 죄인으로 단정하는 법이 어디 있소?</u> 하고 한마디 하였다. 그러자 그들은 "당신도 갈릴래아 사람이란 말이오? 성서를 샅샅이 뒤져 보시오. 갈릴래아에서 예언자가 나온다는 말은 없소" 하고 핀잔을 주었다.

(표준) <u>"우리의 율법으로는, 먼저 그 사람의 말을 들어보거나, 또 그가 하는 일을 알아보거나, 하지 않고서는 그를 심판하지 않는 것이 아니오?"</u> 그들이 니고데모에게 말하였다. "당신도 갈릴리 사람이오? 성경을 살펴보시오. 그러면 갈릴리에서는 예언자가 나오지 않는다는 것을 알게 될 것이오."

위 요한복음 7:51 에서 바리세인들이 논쟁할 때에 니고데모가 "우리의 율법으로는, 먼저 그 사람의 말을 들어보거나, 또 그가 하는 일을 알아보거나, 하지 않고서는 그를 심판하지 않는 것이 아니오?"라고 묻는다. 이 질문은 분명히 수사 의문문이다. 이 문맥에서 니고데모가 말하고자 했던 의미는 바리세인들에게 율법에 나와 있는 상황을 상기 해주고 싶었을 것이다. 즉 율법에 따르면 피고의 말을 반드시 들어봐야 한다는 것을 모든 바리세인들은 너무나 잘 알고 있었기 때문이다. 그러나 52 절에 보면 "그들이 니고데모에게 말하였다. 당신도 갈릴리 사람이오? 성경을 살펴보시오. 그러면 갈릴리에서는 예언자가 나오지 않는다는 것을 알게 될 것이오."라고 기록되어 있다. 그렇다면 이것은 일반 의문문에 대한 대답인가 아니면

수사 의문문에 대한 대답인가?

앞에서 논의한 바에 의하면 대답이 주어지는 질문은 오직 일반 의문문일 뿐이며, 문맥상 대답이 나타나 있다면 이는 틀림없이 일반 의문문이라는 사실을 추론할 수 있다. 그러나 이러한 추론은 지나치게 단순화된 도식이다. 의문문은 정보를 전달하며 듣는 이가 그 정보에 반응하는 것은 아주 자연스러운 일이므로 수사 의문문 역시 대답이 뒤따를 수 있기 때문이다. 원칙상 질문자 외에 다른 사람이 대답하는 경우는 다음과 같이 서로 구별이 된다. 일반 의문문에 대한 대답은 질문을 통해 얻고자 하는 정보를 제공한다. 수사 의문문에 대한 대답은 실제로 그 질문에 대해 답하고 있지는 않지만 그 밑에 깔려 있는 함축적 의미, 즉 수사 의문문이 의미하고 있는 말이나 명령 등에 대해 답하고 있는 것이다.(Larson 1998: 258, Beekman & Callow 1988: 234) 니고데모의 질문이 일반 의문문이면 그 대답은 "아니오. 우리 율법은 사람의 말을 들어보기도 전에 그를 판단하지는 않소"라고 대답해야 한다. 그러나 바리새인들은 예수 편을 들고 있고 있는 니고데모에게 "너도 갈릴리에서 왔느냐?"라고 비아냥거리는 대답을 하고 있다. 즉 바리새인들은 수사 의문문이 암시하고 있는 내용에 대해 대답하고 있는 것이다.

한편 텍스트성의 기준에 있어서 위의 네 가지 종류의 한국어 번역 가운데 공동번역에 나와 있는 "도대체 우리 율법에 먼저 그 사람의 말을 들어보거나 그가 한 일을 알아보지도 않고 죄인으로 단정하는 법이 어디 있소?"의 번역은 다른 세 가지의 번역보다 수사 의문문의 표현을 가장 적절하게 살리고 있으며 일곱 가지의 텍스트성 기준에 가장 적합하다 할 수 있겠다. 우선, 텍스트성 가운데 수용자가 이 문맥을 어떻게 받아들이는가의 수용성에 있어서 공동번역에 나타나는 이 수사적 표현이 가장 이 기준에 합당하다 하겠다. 특히 개별적인 문장을 기준으로 판단되기보다는 문장 전후의 문맥(textual context)과 텍스트 상황을 나타내는 상황맥락도 다른

66

번역보다 명확하다 하겠다. 다음 구절에 나오는 "당신도 갈릴래아 사람이란 말이오? 성서를 샅샅이 뒤져 보시오"라는 공동번역과 "당신도 갈릴리 사람이오? 성경을 살펴보시오"라고 번역한 표준새번역은 개역성경이나 흠정역에 나오는 '상고하여 보라', '조사해 보라'는 번역보다 청자에게 전달되는 많은 정보의 양(정보성)을 통해서 텍스트의 의미를 명확하게 해준다.

어떤 경우 의문문에서 뒤따르는 대답이 문맥상 일반 의문문에 대한 대답으로도 볼 수 있고 동시에 수사 의문문에 대한 대답으로도 볼 수 있는 경우가 있다. 이에 대한 설명으로 Searle(1975: 61)은 공유배경정보(shared background information), 대화의 협력 원칙, 그리고 화행의 적정 조건을 토대로 한 청자의 추론 능력으로 설명하고 있다.[25]

이에 관련하여 영어성경 KJV 와 GNB 가 다른 문체로 쓰인 점을 살펴보고 우리말 성경에는 어떻게 번역되었는지 살펴본다.

Acts 5:28-29

(KJV) Saying, Did not we straitly command you that ye should not teach in this name? and, behold, ye have filled Jerusalem with your doctrine, and intend to bring this man's blood upon us. Then Peter and the other apostles answered and said, We ought to obey God rather than men.

(GNB) "We gave you strict orders not to teach in the name of this man", he said; "but see what you have done! You have spread your teaching all over Jerusalem, and you want to make us responsible for his death!"
Peter and the other apostles answered, "We must obey God, not men."

---

[25] 정희자(2002: 154-155)는 청자가 한 문장을 듣고 어떻게 그것이 직접 화행인지 또는 간접 화행인지를 파악하는가? 청자가 듣고 이해한 문장이 글자 그대로의 의미가 아닌 다른 것을 의미할 때, 그는 그것을 어떻게 간접 화행으로 이해하는가에 대해서 Searle의 설명을 자세히 다루었다.

(흠한) 이르되, 우리가 너희에게 이 이름으로 가르치지 말라고 엄히 명하지 아니하였느냐? 그런데 보라, 너희가 너희 교리를 예루살렘에 가득하게 하였으며 또한 이 사람의 피를 우리에게 돌리고자 하는 도다, 하니라. 이에 베드로와 다른 사도들이 대답하여 이르되, 우리가 사람보다 하나님께 순종하는 것이 마땅하니라.

(개역) 가로되 우리가 이 이름으로 사람을 가르치지 말라고 엄금하였으되 너희가 너희 교를 예루살렘에 가득하게 하니 이 사람의 피를 우리에게로 돌리고자 함이로다 베드로와 사도들이 대답하여 가로되 사람보다 하나님을 순종하는 것이 마땅하니라.

(공동) "예수의 이름으로는 가르치지 말라고 단단히 일러 두었는데도 당신들은 어쩌자고 온 예루살렘에다 당신네 교를 퍼뜨리는 거요? 예수의 피에 대한 책임을 우리에게 뒤집어 씌울 작정이오?" 베드로와 사도들은 이렇게 대답했다. "사람들에게 복종하는 것보다 오히려 하나님께 복종해야 하지 않겠습니까?"

(표준) "우리가 그대들에게 그 이름으로 가르치지 말라고 엄중히 명령하였소. 그런데도 그대들은 그대들의 가르침을 온 예루살렘에 퍼뜨렸소. 그대들은 그 사람의 피에 대한 책임을 우리에게 씌우려 하고 있소." 베드로와 사도들이 대답하였다. "사람에게 복종하는 것보다, 하나님께 복종하는 것이 마땅합니다."

위에서 "우리가 너희에게 이 이름으로 가르치지 말라고 엄히 말하지 아니하였느냐?"라는 질문에 베드로와 사도들은 "사람보다 하나님을 순종하는 것이 마땅하다"고 대답한다. 이 대답의 의미는 대제사장의 질문에 대해 "그렇다"고 인정하는 함축의 의미가 있다. 아마 그 속에 포함된 전체 의미는 다음과 같을 것이다. "그렇지요, 당신들이 그랬습니다. 하지만 우리는 사람보다는 하나님께 순종해야 합니다." 이런 식으로 분석해보면 대제사장의 질문은 일반 의문문에 속하며 질문받은 자가 대답을 하고 있다. 그러나 이는 "우리가 분명히 너희에게 말하기를 이 이름으로 가르치지 말하고 말을 했다. 그런데도 그대들은 그대들의 가르침을 계속 예루살렘에 퍼뜨렸다."라는 의미의 수사 의문문으로 볼 수 있다.

한국어 성경 번역에서 흠정역 번역과 공동번역은 의문문 형태로 번역을 하였고 영어성경 GNB 처럼 개역과 표준새번역 개정판에는 이 의문문의 구절을 다음과 같이 번역하고 있다.

"We gave you strict orders not to teach in the name of this man(GNB)", "우리가 너희에게 이 사람의 이름으로 가르치지 말라고 엄중히 명령하였소(표준새번역)", 즉 수사 의문문으로 보고 평서문 문장으로 재구성하고 있다. 이처럼 모호한 상황이 발생할 때 번역가는 우선 그 질문이 일반 의문문인가 아니면 수사 의문문인가를 먼저 고려해야 한다.(Larson 1998: 258) 왜냐하면 질문과 그 질문을 받은 사람의 대답이 함께 나오는 경우는 수사 의문문보다는 일반 의문문에서 더 흔하기 때문이다. 이것을 수사 의문문으로 보느냐 일반 의문문으로 보느냐는 번역가가 결정할 일이다. Beekman(1988: 234)는 27 절의 "묻다(asked)"의 헬라어 표현이 eperotesen, 즉 eperotao 의 부정과 거인데 eperotao 는 일반 의문문에 쓰이는 동사이므로 뒤의 대제사장 질문은 일반 의문문으로 보는 것이 적절하다고 했다. 그러나 질문에 대한 대답이 이미 화자나 청자 모두 알고 있는 상식이라면 대개의 경우 수사 의문문으로 볼 수 있다.(Beekman & Callow 1988: 235) 예를 들어 예수가 사두개인들에게 "하나님이 너희에게 말씀하신바 ...읽어 보지 못하였느냐?"에서 예수와 사두개인이 양쪽 다 서로가 하나님의 말씀을 이미 읽어봤다는 사실을 잘 알고 있었다. 이런 경우 그 질문이 함축하는 바는 사두개인들이 마치 하나님의 말씀을 읽지 않은 것처럼 행동하고 있다는 것이다.

이와 같이 번역가는 성경의 의문문을 번역할 때 일반 의문문과 수사 의문문을 정확히 구분하고 특히 수사 의문문의 경우 형식일치 번역이 아니라 내용일치 번역을 통해 화자의 내면적 의도를 바르게 전달해야 한다.

3.2.3 병렬 구절에 나타난 일반 의문문과
수사 의문문의 모호성 문제

복음서에 병렬 구절이 있다면 이를 참조하여 일반 의문문과 수사 의문문을 구별하기도 한다. 그러나 아무리 병렬 구절이라 하더라도 서로 다른 구절인 이상 반드시 일치할 수 없기 때문에 이러한 접근은 매우 신중하게 이루어져야 한다. 동일한 사건이라도 저자에 따라 특정 정보 선택의 목적과 그 목적에 부합하는 언어적 형태가 달라지므로 그 사건에 대한 묘사도 달라지게 된다. 따라서 어느 한쪽에서 수사 의문문이 사용되었다고 해서 그에 준하는 병렬 구절 역시 수사 의문문으로 의도되었다고 가정할 수는 없는 것이다.(Beekman &Callow 1988: 237) 다음 구절을 통해 모호성을 살펴본다.

> Matthew 21:40, 41
> (KJV) When the lord therefore of the vineyard cometh, what will he do unto those husbandmen? They say unto him, He will miserably destroy those wicked men, and will let out his vineyard unto other husbandmen, which shall render him the fruits in their seasons.

> (흠한) 그런즉 포도원 주인이 오면 그 농부들에게 어떻게 하겠느냐?
> 그들이 그분께 이르되, 그 사악한 자들을 무참히 멸하고 자기 포도원은 제때에 열매를 바칠 다른 농부들에게 세로 주리라, 하니

> (개역) 그러면 포도원 주인 올 때에 이 농부들을 어떻게 하겠느뇨 저희가 말하되 이 악한 자들을 진멸하고 포도원은 제때에 실과를 바칠 만

한 다른 농부들에게 세로 줄찌니이다.

(공동) 그렇게 했으니 포도원 주인이 돌아오면 그 소작인들을 어떻게 하겠느냐? 사람들은 이렇게 대답하였다. "그 악한 자들을 모조리 죽여 버리고 제때에 도조를 바칠 다른 소작인들에게 포도원을 맡길 것입니다."

(표준) 그러니 포도원 주인이 돌아올 때에, 그 농부들을 어떻게 하겠느냐?" 그들이 예수께 말하였다. "그 악한 자들을 가차없이 죽이고, 제때에 소출을 바칠 다른 농부에게 포도원을 맡길 것입니다."

위 마태복음 21:40, 41 문맥에서는 예수가 무리에게 묻기를 "포도원 주인이 올 때에 이 농부들을 어떻게 하겠느냐?" 하자 사람들이 말하기를 "그 악한 자들을 가차 없이 죽이고, 제때에 소출을 바칠 다른 농부들에게 포도원을 맡길 것입니다."라고 대답한다. 마태는 질문받은 사람들이 대답하고 있음을 분명하게 기록하면서 이것을 일반 의문문으로 다루고 있다.

그러나 다음 마가복음 12:9 를 살펴보면 수사 의문문으로 기록하고 있음을 볼 수 있다.

Mark 12:9

(KJV) What shall therefore the lord of the vineyard do? he will come and destroy the husbandmen, and will give the vineyard unto others.

(흠한) 그런즉 포도원 주인이 어떻게 하겠느냐? 와서 농부들을 멸하고 포도원을 다른 사람들에게 주리라.

(개역) 포도원 주인이 어떻게 하겠느뇨 와서 그 농부들을 진멸하고 포도원을 다른 사람들에게 주리라

(공동) 이렇게 되면 포도원 주인은 어떻게 하겠느냐? 그는 돌아와서 그

소작인들을 죽여 버리고 포도원을 다른 사람들에게 맡길 것이다.

(표준) 그러니 포도원 주인이 어떻게 하겠느냐? 그는 와서 농부들을 죽이고, 포도원을 다른 사람들에게 줄 것이다.

위 마가복음 12:9 의 문맥에서는 예수 자신이 대답하고 있으므로 분명히 수사 의문문이라고 할 수 있다. 따라서 바로 뒤에 이어지는 문맥상의 증거로 볼 때 이 두 본문 중 하나는 일반 의문문이고 다른 하나는 수사 의문문임을 알 수 있다. 그러므로 이러한 경우 동일한 사건을 다루고 있다고 해서 어느 한 구절의 형태를 다른 구절의 형태로 바꾸는 것은 잘못이다.

다음은 마가복음 2:24 을 보면서 수사 의문문의 모호한 질문에 대해서 살펴보고 번역가는 이러한 질문을 어떻게 번역해야 되는지 살펴본다.

Mark 2:24

(KJV) And the Pharisees said unto him, Behold, why do they on the Sabbath day that which is not lawful?

(흠한) 바리새인들이 그분께 이르되, 보시오, 저들이 어찌하여 안식일에 행하면 율법에 어긋나는 일을 하나이까? 하니

(개역) 바리새인들이 예수께 말하되 보시오 저희가 어찌하여 안식일에 하지 못할 일을 하나이까

(공동) 바리사이파 사람들이 예수께 "보십시오, 왜 저 사람들이 안식일에 해서는 안 될 일을 하고 있습니까?" 하고 물었다.

(표준) 바리새파 사람이 예수께 말하였다. "보십시오, 어찌하여 이 사람들은 안식일에 해서는 안 되는 일을 합니까?"

Mark 2:24

(GNB) So the Pharisees said to Jesus, "Look, it is against our Law for your disciples to do that on the Sabbath!"(그러자 바리새인들이 예수께 말하기를, 보시오, 당신의 제자들이 안식일에 해서는 안 될 일을 하고 있어요!)

위에서 나타난 질문은 예수의 제자들이 안식일에 이삭을 잘라 먹는 것을 본 바리새인들이 예수에게 묻는 말이다. 예수는 그에 답으로 다윗과 그 동료들을 언급함으로써, 바리새인들의 질문에는 직접적인 대답을 피한다. 예수의 이러한 대답은 수사 의문문의 이면에 숨겨진 의미, 즉 비난과 놀람에 대한 대답으로 보인다. 또 다른 면에서 보면 일반 의문문에 대한 대답을 뒤로 미루는 것으로 볼 수 있는데 그것의 대답은 28 절[26]에 이르러서야 나오게 된다. 그런데 위 본문에 대해 영어성경 흠정역(KJV)이나 NIV 뿐만 아니라 한국어 성경 4 종에도 수사 의문문으로 번역을 하고 있다. 그러나 영어성경 GNB 에서는 일종의 선언에 해당하는 수사 의문문으로 번역하였고 문장의 형태는 감탄문으로 표현하고 있다. 이것은 GNB 번역가가 아래에 나와 있는 병렬 구조인 마태복음 12:2 을 참고하여 번역하였음을 보여주고 있다.

다음은 마가복음 2:24 해당하는 병렬 구조의 성경 구절 마태복음 12:2 이다.

Matthew 12:2

(KJV) But when the Pharisees saw it, they said unto him, Behold, thy disciples do that which is not lawful to do upon the Sabbath day.

---

[26] 흠한: 이러므로 사람의 아들은 또한 안식일의 주니라, 하시더라.
개역: 이러므로 인자는 안식일에도 주인이니라.
공동: 따라서 사람의 아들은 또한 안식일의 주인이다.
표준: 그러므로 인자는 또한 안식일에도 주인이다.

(흠한) 바리새인들이 이것을 보고 그분께 이르되, 보시오, 당신의 제자들이 안식일에 행하면 율법에 어긋나는 일을 하나이다,

(개역) 바리새인들이 보고 예수께 고하되 보시오 당신의 제자들이 안식일에 하지 못할 일을 하나이다.

(공동) 이것을 본 바리사이파 사람들이 예수께 "저것 보십시오. 당신의 제자들이 안식일에 해서는 안 될 일을 하고 있습니다" 하고 말했다.

(표준) 바리새파 사람이 이것을 보고 예수께 말하였다. "보십시오. 당신의 제자들이 안식일에 해서는 안 되는 일을 하고 있습니다."

(GNB) When the Pharisees saw this, they Said to Jesus "Look , it is against our Law for your disciples to do this on the Sabbath!"(바리새인들이 이것을 보고 예수께 말하였다. "보시오, 당신의 제자들이 안식일에 해서는 안 되는 일을 하고 있어요!")

위의 영어성경 GNB 의 마태복음 12:2 의 경우는 마가복음 2:24 과 병렬구조로서 두 구절 다 일종의 선언에 해당하는 수사 의문문으로 해석하였고 문장의 형태를 감탄문으로 번역하였음을 볼 수 있다. 그러나 마가복음 2:24 의 경우, 수사 의문문의 일종인 선언으로 번역하기보다는 의문문과 함께하는 수사 의문문으로 번역하는 것이 합당할 것이다. 왜냐하면 28 절에 그 물음에 대한 답이 있기 때문이다. 따라서 마가복음 2:24 에 대한 한국어 성경 번역의 수사 의문문 번역은 GNB 의 평서문식 번역보다는 텍스트성의 용인성과 상황성의 기준에서 더 합당하다 하겠다.

이와 같이 번역을 할 때 병렬구절이라고 해서 무조건 동일하게 번역하는 것보다는 각 문장의 문맥적 상황에 따라 평서문식 번역이나 수사 의문문식 번역을 적절히 사용함으로 더 충실한 번역을 할 수 있다.

3.3 일반 의문문과 수사 의문문의 기능

지금까지 일반 의문문과 수사 의문문을 구별하는 기준에 대해 논의하였다. 이번에는 그러한 구별을 가정한 채 다음과 같은 질문에 답하고자 한다. 어떤 의문문을 일반 의문문 혹은 수사 의문문이라고 가정해보자. 그렇다면 과연 그 의문문이 그 맥락에서 성취하고 있는 기능은 무엇인가? 먼저 일반 의문문의 기능을 살펴보고 난 뒤 수사 의문문의 기능을 살펴보기로 하겠다.

Larson(1998: 258)에 따르면 일반 의문문의 기능은 다음 두 가지로 나눌 수 있다.

1) 학습자 혹은 질문자가 사용하며, 몰랐던 정보를 이끌어내는 기능.
2) 주로 교사가 사용하며, 알고 있는 정보를 이끌어내는 기능.

성경에 나오는 일반 의문문은 대부분 (1)번에 기능을 담당하고 있다. 그 대표적인 예로 다음을 살펴보자.

Matthew 13:10
(KJV) And the disciples came, and said unto him, <u>Why speakest thou unto them in parables</u>?

(흠한) 제자들이 예수님께 나아와 이르되, <u>어찌하여 그들에게 비유로 말씀하시나이까</u>? 하니

(개역) 제자들이 예수께 나아와 가로되 <u>어찌하여 저희에게 비유로 말씀하시나이까</u>

(공동) 제자들이 예수께 가까이 와서 "저 사람들에게는 왜 비유로 말씀
하십니까?" 하고 묻자

(표준) 제자들이 다가와서 예수께 말했다. "어찌하여 그들에게는 비유
로 말씀하십니까?"

위에서 본 것처럼 제자들은 예수에게 왜 사람들에게 비유로 말씀하시느
냐고 묻는다. 그것은 예수가 그런 특정 교수법을 사용하는 이유를 이해할
수 없었기 때문에 알고 싶었던 것이다.
다음은 알고 있는 정보를 이끌어내는 기능, 즉 (2)번 기능의 예를 찾아볼
수 있는데 이것의 대표적인 예로 요한복음 6:5, 6 을 볼 수 있다.

John 6:5, 6
(KJV) When Jesus then lifted up his eyes, and saw a great company come unto
him, he saith unto Philip, Whence shall we buy bread, that these may eat? And this
he said to prove him: for he himself knew what he would do.

(표준) 예수께서 눈을 들어서, 큰 무리가 자기에게로 모여드는 것을 보
시고, 빌립에게 말씀하셨다. "우리가 어디에서 빵을 사다가, 이 사람들
을 먹이겠느냐?" 예수께서는 빌립을 시험해 보시고자 이렇게 말씀하신
것이었다. 예수께서는 자기가 하실 일을 잘 알고 계셨던 것이다.

Larson(1998: 260-261)은 일반 의문문에 또 다른 기능이 있다고 주장하기
도 한다. 그에 따르면 일반 의문문의 세 번째 기능은 논쟁 등을 통해 어떤
의견을 이끌어내는 것이다. 질문자가 그 의견을 미리 알고 있는지의 여부
는 상관없다. 그러나 이러한 세 번째 기능은 위의 (1), (2) 기능에 속하되 다
만 특정 목적을 가지는 것이라고 할 수 있다.
한 가지 예를 들어보면, 마태복음 22:17 에서 예수가 받은 질문은 "카이

사르 황제에게 세금을 바치는 것이 옳습니까, 옳지 않습니까?"이었다.

Matthew 22:17

(KJV) Tell us therefore, What thinkest thou? Is it lawful to give tribute unto Caesar, or not?

(NIV) Tell us then, what is your opinion? Is it right to pay taxes to Caesar or not?

(흠한) 그런즉 선생님은 어떻게 생각하시는지 우리에게 말씀해주소서, 카이사르에게 공세를 바치는 것이 율법에 맞나이까, 맞지 않나이까?

(개역) 그러면 당신의 생각에는 어떠한지 우리에게 이르소서 가이사에 게 세를 바치는 것이 가하니이까 불가하니이까 하니

(공동) 그래서 선생님의 의견을 듣고자 합니다. 카이사르에게 세금을 바치는 것이 옳습니까? 옳지 않습니까?

(표준) 그러니 선생님의 생각은 어떤지 말씀하여 주십시오. "황제에게 세금을 바치는 것이 옳습니까, 옳지 않습니까?"

(GNB) Tell us, then, what do you think? Is it against our Law to pay taxes to the Roman Emperor, or not?

위의 구절에서 예수에게 질문한 자들은 그것이 매우 논쟁거리가 되는 질문임을 알았기 때문에 몹시 신중하게 질문하였다. 그들은 유대인 사이에 세를 내야 한다는 측과 내지 말아야 한다는 측이 양쪽 모두 매우 완강한 태도를 보인다는 사실을 알고 있었다. 예수가 어떤 입장을 취할지 질문자들이 알고 있었는지는 확인할 길이 없었지만 어쨌든 그 질문은 정보를 이끌어내는 역할을 한다. 따라서 어떤 식으로 작용하는가 하는 문제는 위

에 제시된 일반 의문문의 두 가지 포괄적 기능과는 별개인 구체적 문제일 뿐이다. 그러므로 일반 의문문의 일반 원칙은 질문받은 사람에게서 정보를 이끌어내는 것이라고 결론지을 수 있다.

부가적으로 영어성경과 한국어 번역성경 가운데 표준새번역과 GNB 만 로마 황제의 이름인 Caesar 의 이름을 밝히지 않고 '황제'와 '로마 황제'로 번역한 것을 살펴볼 수 있다. 이것을 텍스트성의 기준으로 표준새번역과 GNB 의 번역은 상황성과 정보성의 측면에서 볼 때 다른 성경 번역본보다 빈약하다고 할 수 있다. 이는 황제의 이름을 정확히 밝혀 줌으로써 그 당시의 정보를 알 수 있고 관련성을 알 수 있기 때문이다. 이런 점을 고려해 볼 때 아무리 의미를 기본으로 하는 번역이 중요하지만 고유명사 등은 그대로 번역하는 것이 수용자들의 이해에 도움이 될 것이다. 이에 관련하여 Nida & Taber(1982: 120-125)는 분류 표지(classifiers)의 표시에 있어 고유명사나 외래어가 나오는 경우에 있어 이런 분류 표지의 첨가가 반드시 필요한 것은 아니라고 설명하고 있으며 또한 분류 표지의 첨가를 적절히 사용하면 분류 표지 첨가가 없을 때 발생할 수 있는 의사전달을 방해하는 요인을 제거할 수 있다고 설명하고 있다.

3.3.1 수사 의문문의 기능과 목적

Larson(1998: 262)은 일반 의문문과는 대조적으로 수사 의문문의 기능은 정보를 이끌어내는 것이 아니라 정보를 전달하거나 정보에 관심을 집중시키는 것이라고 설명한다. 따라서 수사 의문문은 의미상 평서문(statement)과 같으며 넓은 의미로는 명령문도 포함할 수 있다. 그래서 수사 의문문은 언어에 따라 동시에 한 가지 이상의 기능을 가질 수 있다.

Beekman & Callow(1988: 238-239)은 수사 의문문의 네 가지 주요 기능을 다음과 같이 구분하고 있다.

78

1) 확신의 평서문으로 번역(분명한 사실을 강조)
2) 불확신의 평서문으로 번역(분명하지 못한 사실을 표현)
3) 평가나 의무의 평서문으로 번역(어떤 사람을 비난하거나 간곡히 타이를 때 쓰는 표현)
4) 새로운 주제와 동일한 주제의 새로운 면을 부각시키고 도입하기

3.3.3.1 확신의 평서문 번역

확신의 평서문으로 전환되는 수사 의문문은 평가나 의무에 관한 어떤 암시도 들어 있지 않다. 다만 화자가 자신의 말에 확신하고 있으며 확신에 차서 분명한 사실을 강조할 때 쓰는 표현이다.(Barnwell 1999: 173) 만약 표현된 정보가 화자와 청자 모두에게 잘 알려져 있는 상식이라면 화자는 그 정보에 청자를 집중시키고자 하는 것이다. 다음을 살펴보자.

Hebrews 1:5

(KJV) "For unto which of the angels said he at any time, Thou art my Son, this day have I begotten thee?"

(흠한) 하나님께서 어느 때에 천사들 가운데 누구에게, 너는 내 아들이라. 이날 내가 너를 낳았도다, 하셨느냐?

(개역) 하나님께서 어느 때에 천사 중 누구에게 네가 내 아들이라 오늘날 내가 너를 낳았다 하셨느뇨

(공동) 하느님께서 어느 천사에게 "너는 내 아들이다. 내가 오늘 너를 낳았다" 하고 말씀하신 적이 있습니까?

(표준) 하나님께서 천사들 가운데서 누구에게 "너는 내 아들이다. 내가 오늘 너를 낳았다" 하고 말씀하신 적이 있습니까?

(GNB) For God never said to any of his angels, "You are my son; today I have become your Father."(하나님께는 어떤 천사에게도 다음과 같은 말씀을 하지 않으셨다, "너는 나의 아들이다. 오늘 내가 너의 아버지가 되었다.")

위의 히브리서 1 장 5 절에 해당하는 한국어 성경 번역은 모두 수사 의문문으로 번역되어 있는 것을 볼 수 있다. 그러나 영어성경의 GNB 는 수사 의문문으로 나타내지 않고 평서문으로 표현하여 분명한 사실을 강조하고 있다. 이처럼 수사 의문문을 수사 의문문 그대로 번역을 하느냐 아니면 분명한 사실을 강조하는 평서문으로 번역하느냐는 번역가의 판단에 달려 있다. 그러므로 번역가는 수용언어의 특성을 잘 살려서 그 문화에 맞는 번역을 해야 할 것이다.

다음은 히브리서 1:14 을 수사 의문문으로 번역한 KJV 와 한국어 번역성경을 살펴보고 평서문으로 번역한 GNB 를 살펴보자

Hebrews 1:14

(KJV) Are they not all ministering spirits, sent forth to minister for them who shall be heirs of salvation?

(흠한) 모든 천사들은 섬기는 영들로서 구원의 상속자가 될 자들을 위하여 섬기라고 보내심을 받은 것이 아니냐?

(개역) 모든 천사들은 부리는 영으로서 구원 얻을 후사들을 위하여 섬기라고 보내심이 아니뇨

(공동) 천사들은 모두 하느님을 섬기는 영적인 존재들로서 결국은 구원의 유산을 받을 사람들을 섬기라고 파견된 일꾼들이 아닙니까?

(표준) 천사들은 모두 구원의 상속자가 될 사람들을 섬기도록 보내심

을 받은 영들이 아닙니까?

(GNB) They are spirits who serve God and are sent by him to help <u>those who are</u> <u>to receive salvation.</u>(그들은 모두가 하나님을 섬기는 영적인 존재로서 구 원의 유산을 받을 사람들을 섬기라고 파견된 <u>일꾼들입니다.</u>)

위에서 본 것처럼 영어성경 KJV 와 한국어 번역성경은 수사의문문으로 번역을 하였고 GNB 는 평서문으로 번역한 것을 알 수 있다. 다시 말해서 GNB 만 제외하고 간접적으로 전달되는 수사 의문문으로 번역되었다. 이 런 간접적인 의미와 관련하여 정희자(2002: 167)는 텍스트언어학적인 측면 에서, 대화할 때 간접적으로 전달되는 의미로, Grice 가 주장한 고정함축이 나 대화함축 이외에 대화의 사회적(social) 또는 도덕적(moral) 특성과 관련 되어 암시되는 공손함(politeness)이 있다고 설명한다.

다음은 수사 의문문이 평서문으로 전환될 때 그 평서문에는 긍정문과 부정문 혹은 긍정과 부정의 혼합문이 있다. 다음 예문을 살펴보자.

1 Samuel 17:8

(KJV) And he stood and cried unto the armies of Israel, and said unto them, Why are ye come out to set your battle in array? <u>Am not I a Philistine, and ye servants to</u> <u>Saul?</u> Choose you a man for you, and let him come down to me.

(흠한) 그가 서서 이스라엘 군대를 향하여 외쳐 이르되, 너희가 어찌하 여 나와서 전투대형을 갖추었느냐? <u>나는 블레셋 사람이 아니며 너희는</u> <u>사울의 종들이 아니냐?</u> 너희는 너희를 위해 한 사람을 택하여 내게로 오게 하라.

(개역) 그가 서서 이스라엘 군대를 향하여 외쳐 가로되 너희가 어찌하 여 나와서 항오를 벌였느냐 <u>나는 블레셋 사람이 아니며 너희는 사울의</u>

<u>신복이 아니냐</u> 너희는 한 사람을 택하여 내게로 내려 보내라

(공동) 나서서 그는 이스라엘 진영을 향하여 고함을 질렀다. "전열을 갖추어 가지고 나오면 어쩌겠다는 말이냐? 너희 사울의 졸개들아, 이 불레셋 장수와 맞서 싸울 자를 골라 이리로 내려 보내라."

(표준) 골리앗이 나와서, 이스라엘 전선을 마주 보고 고함을 질렀다. "너희는 어쩌자고 나와서 전열을 갖추었느냐? <u>나는 불레셋 사람이고,</u> <u>너희는 사울의 종들이 아니냐?</u>"

위의 영문 <u>Am not I a Philistine?</u>(내가 팔레스타인이 아니냐?)의 부정 수사 의문문이 같은 의미의 평서문으로는 "<u>I am most certainly a Philistine.</u>"(나는 분명히 팔레스타인 사람이다)라고 표현할 수 있다.

한국어 성경번역 가운데 흠정역과 개역은 '불레셋 사람이 아니며'라는 부정 수사 의문문으로 번역되었다. 그러나 공동번역에는 부정 수사 의문문의 이 부분을 삭제[27](subtractions)하고 있음을 보여준다. 또한 표준새번역은 이 부정 수사 의문문을 같은 의미의 평서문 '나는 불레셋 사람이고'로 번역하고 있다. 이들 번역 가운데 표준새번역처럼 부정 수사 의문문을 같은 의미의 평서문으로 번역하면 수용자들이 정확하게 의미를 파악할 수 있을 것이다.

다음은 부정 수사 의문문과는 반대 의미인 긍정 수사 의문문의 예를 살펴보자.

John 18:35

(KJV) Pilate answered, <u>Am I a Jew?</u> Thine won nation and the chief priests have

---

[27] 삭제(subtractions)라고 하는 것은 Nida가 강조하고 있듯이, 원천어를 수용 언어의 문법 구조나 의미론적 형식(semantic pattern)에 맞추어 번역하는 과정에서 발생하는 구조 변경이나 조정으로서, 실제적인 구조의 상실(structural losses)이 발생되는 경우를 포함시킨다.(Nida 1964: 231-233)

delivered thee unto me: what hast thou done?

(흠한) 빌라도가 대답하되, 내가 유대인이냐? 네 민족과 수제사장들이 너를 내게 넘겨주었으니 네가 무엇을 하였느냐?

(개역) 빌라도가 대답하되 내가 유대인이냐 네 나라 사람과 대제사장 들이 너를 내게 넘겼으니 네가 무엇을 하였느냐

(공동) 빌라도는 "내가 유대인인 줄로 아느냐? 너를 내게 넘겨준 자들 은 너희 동족과 대사제들인데 도대체 너는 무슨 일을 했느냐?"

(표준) 빌라도가 말하였다. "내가 유대 사람이란 말이오? 당신의 동족과 대제사장들이 당신을 나에게 넘겨주었소 당신은 무슨 일을 하였소?"

위에 나오는 Pilate answered, "Am I a Jew?"(내가 유대인이냐?)의 긍정 수사 의문문은 같은 의미의 문장으로 "I am certainly not a Jew."(나는 정말로 유대인 이 아니다)는 부정문으로 의미를 전환할 수 있다. 위의 한국어 4 종류의 번역 본 모두는 긍정 수사 의문문으로 번역이 되어 있다. 그런데 위의 번역본에서 보는 것처럼 흠정역과 개역보다는 공동번역과 표준새번역이 긍정 수사 의문 문의 의미를 더욱 살리어 번역했음이 분명하다. 그것은 흠한과 개역에 나타 난 "내가 유대인이냐?"는 의도성, 수용성, 상황성에 있어서 공동번역이나 표 준새번역에 비해 텍스트성의 기준에 이르지 못하고 있기 때문이다.

이런 종류의 수사 의문문 중에서 "누가, 무엇을, 어디에, 어떻게" 등의 의문사가 사용되는 예를 통해, 표현되는 명제를 살펴보자.

마가복음 3:23
(표준) "사탄이 어떻게 사탄을 쫓아낼 수 있느냐?" 이는 다음과 같은 명 제로 표현된다. "사탄은 사탄을 쫓아내지 못한다."

누가복음 9:25
(표준) "사람이 온 세상을 얻고도 자기를 잃거나 빼앗기면, 무슨 이득이 있겠느냐?" 이는 다음과 같은 의미를 담고 있다. "사람이 만일 온 세상을 얻고도 자기를 잃거나 빼앗기면 유익할 게 아무것도 없다."

누가복음 16:11
(표준) "너희가 불의 한 재물에 충실하지 못하였으면, 누가 너희에게 참된 것을 맡기겠느냐?" 이는 다음과 같은 부정문으로 표현된다. "아무도 참된 것으로 너희에게 맡기지 않을 것이다."

이렇게 명제를 밝히는 이유는 언어에 따라서, 수사 의문문에 대한 답변을 구체적으로 밝히지 않아도 되는 언어가 있는 반면에, 반드시 그 의미를 밝혀야 하는 언어가 있기 때문이다.(Beekman & Callow 1988:243)

3.3.3.2 불확신의 평서문 번역

수사 의문문은 확신을 표현할 뿐만 아니라 고심, 혼란, 우연, 불확신, 의심 등과 같은 다양한 형태로 어떤 불확실성을 표현하기도 한다. 의심, 혼란, 불확신 등은 어떤 확실한 결론에 이르지 않은 증거를 본 후에 생기는 마음의 상태를 대표한다. 우연은 일어나거나 존재할 가능성은 있지만 확실하지는 않은, 그리고 또 다른 사건이나 상태의 잠재적 원인이나 이유로 작용하는 사건 또는 상태를 나타낸다. 고심은 증거의 중요도를 가늠하고 어떤 결론에 이르도록 하는 사고과정을 대표한다. 특히 불확신을 표현하는 수사 의문문은 화자 자신이 스스로 고심하며 질문할 때 나타나며 이것을 일반 의문문으로도 간주할 수 있다. 그러면 불확신을 표현하는 것 중에 다음과 같은 예문을 살펴보자.

John 4:29

(NIV) "come, see a man who told me all that I ever did. Can this be the Christ?"

(KJV): "Come, see a man, which told me all things that ever I did: is not this the Christ?"

(GNB) "Come and see the man who told me everything I have ever done. Could he be the Messiah?"

(흠한) 와서 내가 행한 모든 일을 내게 말한 사람을 보라. 이분은 그리스도가 아니냐? 하니

(개역) 나의 행한 모든 일을 내게 말한 사람을 와 보라 이는 그리스도가 아니냐 하니

(공동) "나의 지난 일을 다 알아맞힌 사람이 있습니다. 같이 가서 봅시다. 그분이 그리스도인지도 모르겠습니다."

(표준) "내가 한 일을 모두 알아맞히신 분이 계십니다. 와서 보십시오. 그분이 그리스도가 아닐까요?"

　위의 요한복음 4:29 을 보면 확실한 결론에 이르지 않고 "이 사람이 그리스도인지도 모르겠다"는 표현을 하고 있는 수사 의문문이다. 그런데 이것이 공동번역본에만 '그분이 그리스도인지도 모르겠습니다'라는 불확신의 평서문으로 번역하고 있으며 그 외의 다른 번역본에서는 불확신의 수사 의문문으로 번역한 것을 볼 수 있다.
　다음은 혼란한 상황이거나 놀람을 표현할 때의 수사 의문문을 살펴보자.

Mark 6:2

(KJV) And when the Sabbath day was come, he began to teach in the synagogue: and many hearing him were astonished, saying, From whence hath this man these things? And what wisdom is this which is given unto him, that even such mighty works are wrought by his hands?

(흠한) 안식일이 되어 그분께서 회당에서 가르치기 시작하시매 많은 사람들이 듣고 깜짝 놀라 이르되, 이 사람이 어디에서 이런 일을 얻었느냐? 그가 받은 지혜가 어떠하기에 그의 손으로 이런 능력 있는 일들을 행하느냐?

(공동) 안식일이 되어 회당에서 가르치시자 많은 사람이 그 말씀을 듣고 놀라며 "저 사람이 어떤 지혜를 받았기에 저런 기적들을 행하는 것일까? 그런 모든 것이 어디서 생겨났을까?"

(표준) 안식일이 되어서, 예수께서 회당에서 가르치기 시작하셨다. 많은 사람이 듣고, 놀라서 말하였다. "이 사람이 어디에서 이런 모든 것을 얻었을까? 이 사람에게 있는 지혜는 어떤 것일까? 그가 어떻게 그 손으로 이런 기적들을 일으킬까?"

위의 마가복음 6:2 은 의심과 불확신, 놀람의 표현을 다 포함된 수사 의문문이다. 위에서 살펴본 것처럼 우리말 번역은 전부 의심과 불확신, 놀람의 표현이 다 포함된 수사 의문문으로 번역했음을 볼 수 있다. 다음은 우연으로 전환되는 수사 의문문을 살펴보자.

1 Corinthians 7:27

(KJV) Art thou bound unto a wife? seek not to be loosed. Art thou loosed from a wife? seek out a wife.

(흠한) 네가 아내에게 매여 있느냐? 벗어나려 하지 말라. <u>네가 아내에</u> <u>게서 놓여 있느냐? 아내를 구하지 말라.</u>

(개역) 네가 아내에게 매였느냐 놓이기를 구하지 말며 <u>아내에게서 놓</u> <u>였느냐 아내를 구하지 말라</u>

(공동) 아내가 있는 사람은 아내와 헤어지려고 하지 말고 <u>아내가 없는</u> <u>사람은 아내를 얻으려고 하지 마십시오</u>

(표준) 아내에게 매였으면, 그에게서 벗어나려고 하지 마십시오. <u>아내</u> <u>에게서 놓였으면, 아내를 얻으려고 하지 마십시오.</u>

위의 수사 의문문의 구절은 다음과 같은 조건문으로 바꿀 수 있다. "<u>당</u> <u>신이 아내에게 매였으면, 그 아내에게서 벗어나려고 하지 마시오. 또한 당</u> <u>신이 아내에게서 놓였다면 아내를 얻으려고 하지 마시오.</u>"

이와 같은 맥락으로 공동번역과 표준새번역은 이러한 수사 의문문을 조 건문으로 바꾸어 놓았다. 즉 이것은 성공적인 의사소통을 위하여 갖추어야 할 조건의 하나인 의도성과 용인성에 가장 적합하게 번역한 것이라 하겠다.

3.3.3.3 평가나 의무의 평서문 번역

수사 의문문은 승인 여부와는 관계없이 어떤 평가를 나타내는 문장을 표현하기 위해서도 사용된다. 평가를 내리기 위한 판단은 적절성, 윤리성, 행동이나 말, 사람이나 사물의 가치에 대해 행해지며, 이러한 판단은 대개 정서적 태도를 동반하거나 청자에게 적절한 행동을 하도록 촉구하는 의무 의 뜻을 함축하고 있는 경우가 많다. 의문문의 형태가 보다 격식을 차린 표현이며, 비난이나 명령을 보다 완곡하게 전달하는 표현이다.

한 가지 강조할 것은 이러한 종류의 수사 의문문에는 화자에 대한 폭넓

은 범주의 정서적 태도가 반영되어 있다는 점이다. 이러한 태도는 수사 의
문문의 실제 형태에서 나오는 것이 아니라 그 의문문이 사용된 맥락에서
파생된다.(Beekman & Callow 1998: 242) 그러나 "왜", "어떻게 생각하냐"로
시작하는 수사 의문문은 다른 사람의 행동이나 말의 목적, 이유, 동기 등
의 합법성에 대해 부정적으로 반응하는 표현이다. 따라서 대개는 "해야 한
다" 또는 "하지 말아야 한다"의 평서문 형태나 "~해라/하지 말아라"의 명
령문 형태로 전환되며, 부정문 형태는 금지를 가리키는 데 자주 쓰인
다.(Barnwell 1992: 82-83) 다음은 부정적 평가와 의무를 보여주는 수사 의문
문과 다른 사람을 비난하거나 권고하는 수사 의문문의 실례이다.

> Mark 4: 40
>
> (KJV) And he said unto them, <u>Why are ye so fearful? How is it that ye have no faith?</u>
>
> (흠한) 그분께서 그들에게 이르시되, <u>어찌하여 이렇게 무서워하느냐?</u>
> <u>너희가 어찌 믿음이 없느냐?</u>
>
> (개역) 이에 제자들에게 이르시되 <u>어찌하여 이렇게 무서워하느냐 너희</u>
> <u>가 어찌 믿음이 없느냐</u>
>
> (공동) 예수께서는 그들에게 "<u>왜 그렇게들 겁이 많으냐? 아직도 믿음이</u>
> <u>없느냐</u>" 하고 책망하셨다.
>
> (표준) 예수께서 그들에게 말씀하셨다. "<u>왜들 무서워하느냐? 아직도 믿</u>
> <u>음이 없느냐?</u>"

위 구절에서 예수는 이렇게 말하면서 제자들을 책망하였다. 따라서 이
수사 의문문은 다음과 같이 전환될 수 있다. "<u>무서워 해서는 안 된다</u>" 또

는 "무서워하지 말라"이다. 한국어 성경 번역 가운데 이 수사 의문문을 전환해서 번역한 것이 공동번역이다. 이 공동번역은 다른 번역본, 즉 개역이나 표준에는 없는 '책망하였다'를 첨가[28]하였다. 이것은 수사학적 질문에 대한 대답으로 첨가된 것으로 보면 된다.

다음은 평가나 의무를 나타내는 수사 의문문이 어떻게 번역 되었는지를 살펴본다.

John 18:21

(KJV) Why askest thou me? Ask them which heard me, what I have said unto them: behold, they know what I said.

(흠한) 네가 어찌하여 내게 묻느냐? 내가 무슨 말을 하였는지 들은 자들에게 물어보라. 보라 그들이 내가 한 말을 아느니라.

(개역) 어찌하여 내게 묻느냐 내가 무슨 말을 하였는지 들은 자들에게 물어 보라 저희가 나의 하던 말을 아느니라

(공동) 그런데 왜 나에게 묻느냐? 내가 무슨 말을 했는지 들은 사람들에게 물어 보아라. 내가 한 말은 그들이 잘 알고 있다.

(표준) 그런데 어찌하여 나에게 묻소? 내가 무슨 말을 하였는지를, 들은 사람들에게 물어 보시오 내가 말한 것을 그들이 알고 있소

---

[28] 유진 나이다는 첨가가 발생하는 경우를 다음과 같이 설명하고 있다: 1) 생략된 표현을 보충하는 데서 오는 경우, 2) 오해를 방지하기 위해 필수적으로 구체화하는 데서 오는 경우, 3) 재구성 단계에서 수용 언어의 문법 구조에 맞추기 위한 경우, 4) 수사적 질문에 대한 대답의 경우, 5) 수용 언어의 문법적 범주를 사용하는 데서 오는 경우, 6) 의미론적으로 중복이 불가피한 경우.(Nida 1964: 227)

위의 요한복음 18:21 에서 "어찌하여 나에게 묻느냐?"는 "내게 묻지 말아라" 또는 "내게 물어서는 안 된다"로 전환된다. 또한 바로 뒤에 나오는 "내가 무슨 말을 하였는지 들은 사람들에게 물어 보아라"는 긍정 명령문이 뒤따르고 있다.

그런데 수사 의문문 해석에 도움을 얻고자 어휘를 연구하다 보면 대개 특정 문맥에서 그 의문문이 전달하고 있는 어휘에 감정표현이 함축된 점을 알 수 있다. 대표적인 어휘를 살펴보면 '비난하다(rebuke)', '타이르다(exhort)', '꾸짖다(scold)', '훈계하다(admonish)', '악담하다(rail)' 등의 단어가 사용되는데, 이 단어들은 모두 부정적 평가라는 공통점을 가지고 있다. 이러한 단어들이 함축하는 내용은 문맥을 통해 더 자세히 드러난다.

부정적 평가와는 반대로 긍정적인 평가는 그 예가 매우 드물다. 이러한 표현은 본문이나 번역본에서 감탄 부호와 함께 쓰이는 경우도 있다. 이러한 본문을 흠정역 성경(KJV)에 나와 있는 번역본과 신국제역인 NIV 번역본에는 어떻게 다르며 한국어 성경 번역에는 어떻게 되어 있는지 살펴본다.

Luke 1:66

(KJV) "And all they that heard them laid them up in their hearts, saying, <u>What manner of child shall this be!</u>"

(흠한) 듣는 사람이 다 이 말을 마음 속에 두며 이르되, <u>앞으로 이 아이가 어찌될까!</u> 하더라. 주의 손이 그와 함께하더라.

(NIV) "Everyone who heard this wondered about it, asking, "<u>What then is this child going to be?</u>"

(개역) 듣는 사람이 다 이 말을 마음에 두며 가로되 <u>이 아이가 장차 어찌될꼬</u> 하니 이는 주의 손이 저와 함께 하심이러라

(공동) "이 아기가 장차 어떤 사람이 될까?" 하고 말하였다. 주님의 손
길이 그 아기를 보살피고 계신 것이 분명했기 때문이다.

(표준) 이 말을 들은 사람들은 모두 이 사실을 그들의 마음에 두고 "이
아기가 대체 어떤 사람이 될 것인가?" 하고 말하였다. 주님의 보살피는
손길이 그 아기와 함께하시는 것이 분명했기 때문이다.

위의 누가복음 1:66 에서 보았듯이 흠정역(KJV) 성경에서는 느낌표(!)로
쓰였으나 NIV 의 원본인 네슬알렌드(Nestle-Aland)판[29]과 세계성서공인연합
회(UBS)의 헬라어 본문에는 물음표(?)가 쓰였다. 그러나 느낌표(!)로 쓰였
든 물음표(?)로 쓰였던 위 문장은 다음과 같이 '이 아이는 무척 중요한 인
물이 될 것이다'로 전환될 수 있다. 우리말 공동번역과 표준새번역도 물음
표(?)로 번역하였지만 텍스트성의 기준으로 고찰할 때 이 둘의 번역본이
상호성(관련성)과 상호 텍스트성[30](intertextuality) 그리고 용인성(수용성)이
다른 번역본보다 확실히 드러난다 하겠다.

다음은 "탄원", "의무", "필수" 등을 가리키는 긍정 명령문의 예를 살펴보
며 또한 우리말 번역본에는 어떻게 번역되어 있는지 살펴본다.

Mark 9:12

(NIV) "Why then is it written that the Son of Man must suffer much and be

---

[29] 이것은 바바라 알란트 교수가 이끄는 신약본문연구소 작업팀이 편집해 내고 있
는 새로운 본격적 그리스어 신약전서 비평적 편집이다. 기원 후 2세기 이후 거의
천 년 동안에 나온 그리스어 신약성서 사본을 다 열거하여 본문 역사를 볼 수 있
도록 수집 가능한 모든 사본을 총망라하여 열거해 주고 있다.

[30] Bell(1995: 168)에 따르면 상호텍스트성이란 특정 텍스트와 그 텍스트와의 특징을
공유하는 다른 텍스트 간의 연관 관계로 설명한다. 다시 말하면 텍스트 처리 장
치로 하여금 새로운 텍스트에서 이제까지 관계한 다른 텍스트의 특징을 인식하
도록 하는 요인을 말하는 것이다.

rejected?"

(개역) 어찌 인자에 대하여 기록하기를 많은 고난을 받고 멸시를 당하
리라 하였느냐

(공동) 그런데 성서에 사람의 아들이 많은 고난을 받고 멸시를 당하리
라고 한 것은 무슨 까닭이겠느냐?

(표준) 그런데 인자가 많은 고난을 받고 멸시를 당할 것이라고 기록한
것은, 어찌 된 일이냐?

위 마가복음 9:12 의 수사 의문문은 다음과 같이 전환될 수 있다. "그렇
다면 어떻게 기록되어 있는지 생각해 보라..." 혹은 "너는 어떻게 기록되
어 있는지 설명해야 한다..."
그리고 위의 구절이 흠정역 성경(KJV)과 한글 번역 성경에는 의문문으
로 쓰이지 않았고 평서문으로 기록된 것을 아래에서 확인할 수 있다.

Mark 9:12
(KJV) "And how it is written of the Son of man, that he must suffer many things,
and be set at nought."

(흠한) 사람의 아들에 대해서는 기록하기를 그가 반드시 많은 고난을
받고 멸시를 당하리라 하였느니라

이처럼 평가나 의무를 나타내는 수사 의문문은 어떤 행동이나 태도의
옳고 그름과 좋고 나쁨에 대해 의견을 표현하는 것이므로 어떤 방식으로
든 판단은 포함하고 있지 않으며, 다만 화자가 자신의 말에 확신하고 있다
는 것만을 나타내 주는 확신의 수사 의문문과는 다르다는 점을 다시 한번

강조할 필요가 있다.

3.3.3.4 새로운 주제 또는 동일한 주제 부각 및 도입의 평서문 번역

수사 의문문은 새로운 주제의 시작을 알리거나 추론, 결론, 설명 또는 앞서 진행된 논의에 대한 대답 등 동일한 주제의 새로운 면을 알리는데도 쓰인다. Beekman & Callow(1988:243)은 이런 의문문이 수용언어에서 평서문으로 전환될 때 이 평서문은 "말하다(tell), "고찰하다(consider)", "결론에 이르다(conclude)" 등의 단어를 사용한다고 했다. 다음은 동사 "말하다(tell)"를 사용하여 평서문으로 전환된 예를 살펴보고 우리말 성경에는 어떻게 번역되었는지 살펴보자.

> Matthew 11:16
>
> (KJV) "But whereunto shall I liken this generation?"
>
> (흠한) 그러나 이 세대를 어디에 비유할까?
>
> (개역) 이 세대를 무엇으로 비유할꼬
>
> (공동) 이 세대를 무엇에 비길 수 있으랴?
>
> (표준) 이 세대를 무엇에 비길까?

위 구절은 "이 세대가 무엇과 같은지 말해주겠다"라는 말로 전환할 수 있다. 즉 수사 의문문이 평서문으로 전환될 수 있음을 보여주는 것이다.

또한 수사 의문문이 "결론짓다(conclude)"라는 단어를 사용하는 평서문으로 전환되는 경우는 로마서에서 찾아볼 수 있다. 바울은 반복해서 "What shall we say then?"("그렇다면 우리가 무슨 말을 하리요?")라는 질문을 던진다.

이 질문은 어떤 결론으로 이어지는데 이처럼 바울 자신이 질문하고 결론을 내리는 수사 의문문은 다음과 같은 종류의 평서문으로 전환될 수 있다.

Romans 9:30

(KJV) "What shall we say then? That the Gentiles, which followed not after righteousness, have attained to righteousness, even the righteousness which is of faith."

(흠한) 그런즉 우리가 무슨 말을 하리요? 의를 따르지 아니한 이방인들이 의를 얻었으니 곧 믿음에서 난 의요.

(개역) 그런즉 우리가 무슨 말 하리요 의를 쫓지 아니한 이방인들이 의를 얻었으니 곧 믿음에서 난 의요

(공동) 그러면 어떻게 생각해야 하겠습니까? 하느님과의 올바른 관계를 추구하지 않던 이방인이 오히려 그 올바른 관계를 얻었습니다.

(표준) 그러면 우리가 무엇이라고 말해야 하겠습니까? 의를 추구하지 않은 이방 사람들이 의를 얻었습니다. 그것은 믿음에서 난 의입니다.

다음은 어떤 주제의 새로운 면을 소개하는 수사 의문문의 예와 우리말 성경 번역본의 예를 살펴본다.

Romans 3:1

(KJV) "What advantage then hath the Jew? Or what profit is there of circumcision?"

(흠한) 그러면 유대인의 나은 점이 무엇이며 할례의 유익이 무엇이냐?

(개역) 그런즉 유대인의 나음이 무엇이며 할례의 유익이 무엇이뇨

(공동) 그러면 유대인의 나은 점이 무엇이며 할례의 이로운 점이 무엇
이겠습니까?

(표준) 그러면 유대 사람의 특권은 무엇이며 할례의 이로움은 무엇입
니까?

위의 로마서 3:1 의 수사 의문문은 다음과 같이 번역을 할 수 있다. "유대
인이 더 나은 점이 있는지 또 할례가 유익이 되는지의 문제를 고찰해 보
도록 하자."

이렇게 새로운 면을 소개하는 기능의 수사 의문문임을 고려할 때 우리
말 성경 번역 중에 개역의 '그런즉'으로 번역된 것은 텍스트의 요소들 사
이에 존재하는 문법적 연결 관계를 나타내는 응결성에 문제가 있다. 왜냐
하면 접속사 '그런즉'이란 결과를 나타내는 접속이기 때문에 새로운 면을
소개하는 수사 의문문과는 어울릴 수 없다.

이와 같이 번역가는 문맥을 고려하여 수용언어에서 사용되고 있는 표현
을 선택하여 번역해야 함은 물론이요 텍스트성을 고려하지 않으면 안 되
는 것이다.

3.4 수사 의문문의 의미 함축 기능

Barnwell(1992: 83-84)은 번역가는 수사 의문문에는 반드시 의미 함축의
기능이 있다는 점을 염두에 두고 있어야 한다고 강조한다. 또한 수용언어
가 어떠한 목적으로 수사 의문문을 사용하고 있는지 바로 파악하기 위해
서 번역가는 수용언어의 대화를 주의 깊게 듣고 판단해야 한다고 설명한
다. 즉 수용언어가 수사 의문문을 사용하고 있을 때 과연 수사 의문문이

그 언어에서 무슨 기능을 하는지, 어떤 종류의 텍스트인지, 문법형태와 어휘형태는 어떠한지를 우선적으로 살펴야 한다. 다음의 구약성경 사무엘상 6:6 에 나와 있는 두 구절과 한국어 성경 번역의 문장을 살펴본다.

1 Samuel 6:6

(RSV) "After (God) had made sport of them, <u>did they not let the people go, and they departed?</u>"("하나님이 그들을 혼내준 후에, 그들이 그 사람들을 내보내지 않았습니까?")

(GNB) "Don't forget how God made fools of them until <u>they let the Israelites leave Egypt.</u>"("그들이 이스라엘 사람들을 가게 했을 때 하나님이 그들을 어떻게 혼내 주었는지 잊지 말아라")

(개역) 그가 그들 중에서 기이하게 행한 후에 그들이 백성을 가게 하므로 백성이 <u>떠나지 아니하였느냐</u>

(공동) 에집트 사람들은 이 신에게 혼이 나서 이스라엘을 <u>내보내지 않았습니까?</u>

(표준) 이집트 사람이 이스라엘 사람을 가게 한 것은, <u>주님께서 그들에게 온갖 재앙을 내리신 뒤가 아니었습니까?</u>

위의 사무엘상 6:6 에 나타난 두 종류의 영어 성경번역본과 한국어 성경이 전달하고 있는 정보가 기본적으로는 동일하지만 서로 완전히 일치하는 것은 아니다. 영어나 한국어에서 의문문 형태는 그 자체로 어떤 함축적 의미를 갖게 되는데, 좀 더 생동감이 있고 좀 더 초점이 맞춰진 표현이기 때문에 더 많은 집중을 요구한다. Beekman & J. Callow(1988: 245)는 이런 점들이 헬라어와 영어 수사 의문문의 일반적 특징이라고 설명하였다.

이제 수사 의문문을 의문문이 아닌 다른 형태로 전환하는 예를 다루면서 수사 의문문의 생동감이나 초점 집중의 요소를 통해 번역에서 반드시 고려해야 할 점들을 살펴본다.

원문의 수사 의문문이 전부 다 의문문의 형태로 번역된다면 그 의미가 잘못 전달되기 쉽다. 잘못 해석되는 예는 다음 두 가지로 관찰된다. 첫째는 수사 의문문이 일반 의문문으로 해석되는 경우이고 둘째는 수사 의문문의 의미가 잘못 이해되는 경우이다. 이제 각각의 경우를 살펴보자.

3.4.1 수사 의문문이 일반 의문문으로 잘못 해석되는 경우

수사 의문문이 일반 의문문으로 해석되는 경우 독자는 '화자가 모르는 정보를 찾고 있다'고 추측한다. Larson(1998: 258)은 다음의 예를 통해 수사 의문문이 일반 의문문으로 잘못 해석되는 경우를 설명하고 있다.

"Mary, why don't you wash the dishes?" 이 문장은 제안(suggestion)이나 정중한 명령(imperative)으로 해석해서 "메리야, 설거지 좀 하지 그래!"라고 했을 때 거기에 대한 적절한 대답으로 "Okay, I will."(예, 할게요!)이다. 그러나 이 질문이 일반 의문문으로 해석되면, "메리야, 어째서 설거지를 안 하는 거야?'로 해석되면 답변은 "Because I'm just too tired."("너무 피곤해서요.")가 된다.

이와 비슷한 예로 "When are you going to empty the garbage?"라는 질문에서도 화자가 의도하는 수사 의문문으로 보면 "지금 당장 치우라"는 명령(command)의 의미가 내포되지만 문법의 형태로만 보면 일반 의문문으로 해석하여 화자의 의도인 명령의 의미를 상실하게 된다. 또 다른 예인 마가복음 4:30 에 나타난 "What parable shall we use to describe the kingdom of God?'("우리가 하나님의 나라를 무슨 비유로 나타낼까?")의 표현은 예수가 새로운 주제를 시작하기 위해 이와 같은 수사 의문문을 사용하고 있다. 따라서 이 본문을 일반 의문문으로 해석하면 예수가 하나님 나라를 어떤 비유로 나타낼지 몰라서 제자들에게 "나는 모르겠으니 너희는 하나님 나라를 어떤 비유로 나타내면 좋을지 알고 있느냐?"고 묻고 있는 것으로 잘못 해석된다.

Beekman(1988: 245)은 브라질의 어떤 부족 언어에서 수사 의문문이 일반 의문문으로 잘못 해석된 경우로서, 예를 들어 예수가 제자들에게 "이해하지 못하느냐?"고 물은 것은 "이해해야 한다"는 뜻인데, 이 수사 의문문을 의문문 형태로 그대로 번역함으로 "나는 이해하지 못하겠다. 너희는 어떤지 말해 보아라"는 뜻으로 오해되었음을 지적하고 있다. 이는 대부분 원천언어와 수용언어 사이의 문화적 차이 때문에 발생한다. Beekman & Callow(1988: 246)가 조사한 바에 따르면 멕시코의 치난텍(Chinantec)어와 과테말라의 츄즈(Chuj)어에서는 '누가, 무엇을, 언제, 어디서'를 사용하는 모든 의문문은 실제로 질문하기 위한 일반 의문문으로만 이해된다는 것이다. 마찬가지로 일반 의문문이 수사 의문문으로 해석되는 경우도 살펴보자.

Where on earth have you been?

이 질문은 일반 의문문으로 해석되어 "어디 있었니" 정도로 질문하는 것이지만 이것을 수사 의문문으로 놀람이나 비난으로 생각하여 "왜 이리 늦게 오는 거야"로 해석될 수 있다. 마찬가지로 "Why did you come?"라는 질문도 일반 의문문으로 해석되면 "왜 오셨나요?"가 되겠지만 수사 의문문으로 해석하면 "You should not have come!"("오지 않았으면 했는데!")로 해석해야 할 것이다.

3.4.2 수사 의문문의 의미가 잘못 이해되는 경우

수사 의문문이 수사적인 용법으로 제대로 이해된다 하더라도 의문문의 형태를 살려서 번역하면 수용언어의 독자는 여전히 그 의미를 오해하는 수가 있다. Beekman & Callow(1988: 246)은 그러한 예를 다음과 같이 설명하고 있다. 마태복음 3:14 에서 세례요한은 예수에게 세례 주기를 사양하기 위해 의문문 "Do you come to me?"("당신이 내게로 오시나이까?")를 사용함으로써 예수가 매우 위대한 인물임을 강조하고 있다. 실제로 마태복음 3:14 을 살펴보면서 그 의미를 파악해 보자.

> Matthew 3:14
>
> (NIV) But John tried to deter him, saying, "I need to be baptized by you, and <u>do you come to me?</u>"
>
> (KJV) But John forbad him, saying, I have need to be baptized of thee, and <u>comest thou to me</u>?
>
> (흠한) 요한이 그분을 말리며 이르되, 내가 주께 침례를 받아야 할 터인데 주께서 <u>내게로 오시나이까</u>?
>
> (개역) 요한이 말려 가로되 내가 당신에게 세례를 받아야 할 터인데 당신이 <u>내게로 오시나이까</u>
>
> (공동) 그러나 요한은 "제가 선생님께 세례를 받아야 할 터인데 어떻게 선생님께서 <u>제게 오십니까?</u>"
>
> (표준) 그러나 요한은 "내가 선생님께 세례를 받아야 할 터인데, 선생님께서 <u>내게 오셨습니까?</u>"

한국어 성경에도 전부 "내게로 오시나이까"로 번역하여 예수가 위대한 인물임을 나타내 주고 있다. 그러나 어떤 언어에서는 이 의문문이 잘못 이해되어 세례요한이 많은 사람들에게 세례를 주느라 바쁜 나머지 예수에게 화내고 있는 것으로 해석되었다.(Beekman & Callow 1988: 247) 즉 예수는 세례요한이 얼마나 바쁜지 알고 다른 사람에게 가서 세례를 받았어야 한다는 뜻으로 해석된 것이다.

다음은 누가복음 15:4과 마태복음 18:12(표준새번역)의 "너희는 어떻게 생각하느냐? 어떤 사람에게 양 백 마리가 있는데, 그 가운데 한 마리가 길을 잃었다고 하면, 그는 아흔 아홉 마리를 산에다 남겨 두고서, 길을 잃은 그 양을 찾아 나서지 않겠느냐?"라는 질문에 대해 살펴보자. 사실 이 질문의 의도는 잃어버린 양 하나를 찾기 위해 아흔 아홉 마리를 남겨 두고 잃어버린 양 한 마리를 찾기 위해 떠나는 것에 대한 합리성을 가리키고자 함이다.

그러나 이 구절이 멕시코의 치나텍(Chinatec)어로 처음 번역되었을 때는 다음과 같다(J.Beekman & J.Callow 1988: 246): "만일 어떤 사람이 … 길 잃은 양을 찾는다고 생각하느냐?"

그러나 이런 형태의 문장은 겨우 한 마리를 찾기 위해 그렇게 많은 양을 버리고 간다는 발상을 비웃는 것으로 해석되었다. 이 질문이 비록 수사 의문문으로 인식된다 하더라도 듣는 사람은 이것에 대해 긍정으로 대답하기보다는 대신 부정적으로 대답함으로써 잘못된 반응을 유발한다. 그래서 Barnwell(1999: 175-176)은 아래의 예를 통하여, 의미번역을 할 때 이러한 수사 의문문에서 함축적인 질문과 대답의 의미를 명확히 밝힐 필요가 있다고 제시하였다.

Luke 5:21

(NIV) "Who can forgive sins but God alone?"

(개역) 오직 하나님 외에 누가 능히 죄를 사하겠느냐

(공동)"하느님 말고 누가 죄를 용서할 수 있단 말인가?"

(표준)"하나님 한 분 밖에, 누가 죄를 용서할 수 있는가?"

위의 구절과 같은 수사 의문문의 답변에는 "한 분밖에 없다"(There is no one)라고 대답함으로써 의미를 확실히 밝혀 주어야 잘못된 대답이 나오지 않는다.

대부분의 언어는 수사적 의미로 자주 사용되며 동일한 형태로 반복해서 사용됨에 따라 하나의 굳어진 형태가 되어버린 의문문들이 있다. 이러한 형태의 의문문들은 더 이상 일반 의문문으로 해석되지 않는다. 영어 문장을 예로 들자면 "Who do you think you are?"라든가 "Just who do you think you are anyway?" 등이 정보를 얻고자 하는 질문으로 여겨지는 경우는 거의 없다. 어떤 언어에서도 "Do you know(너는 아느냐?)"라는 표현은 단지 상대방을 비웃기 위한 질문으로서 굳어진 표현이다. 성경에서 이러한 형태가 나오면 이는 "너는 알고 있어야만 한다" 혹은 "분명히 너는 알고 있다"의 의미를 갖는다. 그 예로 영어성경과 한국어 성경번역을 살펴보자.

Romans 6:3

(NIV) "Or don't you know that all of us who were baptized into Christ Jesus were baptized into his death?"

(GNB) For surely you know that when we were baptized into union with Christ Jesus, we were baptized into union with his death.

(공동) 세례를 받고 그리스도 예수와 하나가 된 우리는 이미 예수와 함께 죽었다는 것을 모르십니까?

(표준) 세례를 받아 그리스도 예수와 하나가 된 우리는 모두 세례를 받

을 때에 <u>그와 함께 죽었다는 것을 여러분은 알지 못합니까?</u>

위의 로마서 6:3 의 영어 번역의 NIV 와 GNB, 그리고 한국어 공동번역
과 표준새번역은 의미에 역점을 둔 내용일치 번역을 함으로써 의미가 쉽
게 소통되는 것을 볼 수 있다. 특히 GNB 의 경우는 수사 의문문으로 번역
을 하지 않고 확신의 평서문으로 번역하여 분명한 사실을 강조하고 있다.
그러나 이러한 질문을 직역하면 수사 의문문으로 인지를 하겠지만 그 의
미는 잘못 전달될 것이다. 그 예로 영문 킹제임스(흠정역)와 한국어 킹제
임스 번역을 살펴본다.

Romans 6:3

(KJV) <u>Know ye not, that so many of us as were baptized into Jesus Christ were
baptized into his death?</u>

(흠한) <u>예수 그리스도 안으로 침례를 받은 우리가 그분의 죽음 안으로
침례를 받은 줄을 너희가 알지 못하느냐?</u>

위의 구절처럼 원천어의 수사 의문문을 모두 직역한다면 설령 그 의미
가 제대로 전달된다 하더라도 대부분 부자연스러울 뿐만 아니라 그 뜻이
불필요하게 모호해지기 쉽다. 따라서 번역가는 수용언어에서 질문의 형태
를 주의 깊게 고찰하는 것이 필수적이며, 언제, 어떻게, 어떤 목적으로 수
사 의문문이 사용되는지를 알아야 한다.

제 4 장

수사적 표현의 비유언어
(Figuratives Language)의 의미 번역

4.1 성경의 은유가 오해를 야기하는 경우

비유적인 표현은 문화에 따라 매우 다르다. 같은 말을 비유적으로 사용한다고 해도 각 언어에 따라서 판이한 뜻을 나타내기도 한다. 번역가는 성경에 나와 있는 어떤 비유적인 표현이든 의미를 잘 살려내어 메시지를 정확하게 전달해야 한다. 그러기 위해서는 우선 원천언어와 수용언어 속에 잠재되어 있는 문화 및 언어적인 정보를 잘 알고 있어야 한다.(Beekman & Callow 1988: 137)

Beekman & Callow(1988: 124)에 따르면 비유는 정보를 보다 더 생생하고 의미 있게 만드는 효과적인 방법으로서 넓게 사용되고, 그러한 비유들은 주로 문학적인 형식에서 사용된다고 설명한다. 이러한 비유적인 표현에는 은유, 직유, 완곡어법, 과장법, 풍자, 아이러니, 의인화, 돈호법, 환유, 제유 등이 있는데 우선 은유와 직유의 번역을 살펴본다.

Aristotle(384-22 BC)이 Poetics 에서 은유(metaphor)를 "전혀 닮지 않은 것들 속에서 닮은 점을 직관적으로 느끼는 것"으로 보았으며, "한 사물에 그 사물이 아닌 다른 사물에 속하는 명칭을 부여하는 것"으로 정의하고, 그러한 전이(transference)는 "속(genus)에서 종(species)으로, 종에서 속으로, 한 종에서 다른 종으로, 혹은 유추에 근거하여 이루어진다"고 하였다. 은유에 대한 Aristotle 의 정의는 오랫동안 그대로 받아들여져 은유를 부수적이고 비본질적인 언어 요소로, 수사적이며 장식적인 것으로 보던 견해는 19 세기 Nietzche(1844-1900)에 와서야 다소 바뀌게 되었다.(정희자 2002: 284) 은유란 한 단어가 원래 가지고 있는 일차적 의미에서 이차적 의미로의 전이를 가리킨다. 그래서 은유는 한 종류의 사물을 다른 종류의 사물의 관점에서 이해하고 경험하는 비유의 일종이다.

Beekman & Callow(1988: 127)에 의하면 "은유는 하나의 암묵적인 비유로서, 그 비유의 첫 번째 항목인 이미지는 여러 의미 요소를 전달하지만 문맥상 그중 단 한 가지 의미만이 두 번째 항목인 화제(topic)에 연관되며 공유된다"고 설명한다. 다시 말해서 은유는 명백히 표현되지 않은 비교이며 그 특징들이 함축적으로 비교된다.

Lakoff & Johnson(1980: 159-184)에 의하면 은유는 인간으로 하여금 생활의 모든 측면(사회, 정치, 경제, 문화, 종교 등)에서 현실을 구축할 수 있게 할 뿐만 아니라 은유에 근거해서 사고하고 행동으로 옮기게 해 준다. 우리는 은유에 의해 의식적 또는 무의식적으로 문화 체험을 할 수 있고, 사회 참여를 하기도 한다. 그래서 은유는 언어학적 표현에 그치는 것이 아니라 비언어적 영역과 보다 중요한 연계를 갖고 있다. 은유는 표현 기능에 그치는 것이 아니라 사회적, 정치적, 문화적 사고와 행동을 요구한다. 따라서 은유는 수사적 표현의 핵심이라 할 수 있는 명령적, 사역적 힘을 가지고 있다고 주장한다.

은유에는 두 종류가 있다.(Lakoff & Johnson, 1980) 하나는 관습적 은유이고, 다른 하나는 비관습적 은유이다. 관습적 은유에는 구조적 은유(structural metaphor), 지향적 은유(orientational metaphor), 실체적 은유(ontological metaphor)가 있다. 구조적 은유에서는 하나의 개념이 은유적으로 다른 개념에 의해 만들어진다. 그 형태는 연결어가 없이 "A 는 B 이다"의 형식으로 직접 연결되기 때문에 그 표현의 밀도는 직유[31]보다 강하다고 할 수 있다. 예를 들어 "내 딸은 천사 같아요"는 직유지만, "내 딸은 천사예요"는 은유이다. 은유는 직유에서 단순히 비교 조사(처럼, 같이)를 빼내어

---

[31] 직유는 하나의 명시적인 비유로써, 그 비유의 첫 번째 항목(이미지)은 여러 의미 요소를 전달하지만 문맥상 그중 단 한가지 의미만이 두 번째 항목(화제:topic)에 연관되며 공유된다.(Beekman & Callow, 1988: 127)

이것을 약간 압축시킨 비유라고 할 수 있다. 그래서 은유의 표현은 그 의미가 함축된 표현 방법이기 때문에 직유에 비해 훨씬 간략하며 더 날카롭게 나타나는 것이다. 또한 은유는 용어가 의미하는 것처럼 말의 의미가 다른 뜻으로 전환되는 화법인 것이다.(Beekman & Callow 1988: 127) 다음에 나오는 표현을 예로 들면서 은유와 직유의 번역방법을 살펴본다. 또한 영어 성경과 한국어 성경의 번역본을 비교하면서 은유의 번역을 어떻게 하였나 살펴본다.

James 3:6

(KJV) And the tongue is a fire, a world of iniquity: so is the tongue among our members, that it defileth the whole body, and setteth on fire the course of nature; and it is set on fire of hell.

(NIV) The tongue also is a fire, a world of evil among the parts of the body. It corrupts the whole person, sets the whole course of his fire on fire, and is itself set on fire by hell.

(흠한) 혀는 곧 불이요, 불법의 세계라. 이와 같이 혀는 우리의 지체들 가운데 하나로 온 몸을 더럽히고 본성의 행로에 불을 붙이며 자기도 지옥 불로 불타느니라.

(개역) 혀는 곧 불이요 불의의 세계라 혀는 우리 지체 중에서 온 몸을 더럽히고 생의 바퀴를 불사르나니 그 사르는 것이 지옥 불에서 나느니라

(공동) 혀는 불과 같습니다. 혀는 우리 몸의 한 부분이지만 온 몸을 더럽히고 세상살이의 수레바퀴에 불을 질러 망쳐 버리는 악의 덩어리입니다. 그리고 혀 자체도 결국 지옥 불에 타 버리고 맙니다.

(표준) 그런데 혀는 불이요, 혀는 불의의 세계입니다. 혀는 우리 몸의

한 지체이지만, 온 몸을 더럽히며, 인생의 수레바퀴에 불을 지르고, 결국에는 혀도게헨나(지옥 불)의 불에 타버립니다.

위의 개역과 흠한 그리고 표준새번역은 은유의 형태가 남아 있게 '<u>혀는 불이요</u>'라고 번역하고 있으나 공동번역은 직유로 바꾸어 '<u>혀는 불과 같습니다</u>'로 번역하고 있음을 볼 수 있다. 이것은 Beekman & Callow(1988: 145)가 설명한 대로 은유는 수용 언어에서도 은유 형태로 남아 있도록 번역하는 것과 또한 직유로 바꾸어 번역하는 것을 말하는 것이다. 위와 같이 한국어 성경번역은 은유 형태를 그대로 유지시켜 번역하든 직유로 바꾸어 번역하든 의미에는 아무런 지장이 없다. 그러나 어떤 언어에서는 그렇지 못한 점이 있다. Nida(1964: 220)는 은유를 직유로 바꾸는 설명에서 나바호(Navajo)어로는 '의에 주리고 목마른 자'라는 표현을 쓸 수 없다고 설명한다. 그 대신에 '주리고 목마른 것처럼 의를 갈구하다'(being hungry and thirsty for righteousness- 마태복음 5:6)라는 표현을 사용하는데, 이 경우 직유가 은유와 완전히 등가를 이루고 있다고 설명하고 있다.

은유와 직유를 어떻게 번역할 것인가 하는 문제를 더 설명하기에 앞서 먼저, 성경의 은유와 직유를 직역하는 경우 종종 오해가 발생하는 이유를 몇 가지 살펴본다.

Acts 2:20
(KJV) The sun shall be turned into darkness, and <u>the moon into blood</u>, before that great and notable day of the Lord come:

(GNB) the sun will be darkened, <u>and the moon will turn red as blood.</u>

(흠한) 저 크고 주목할 만한 주의 날이 이르기 전에 해가 변하여 어둠이 되고 <u>달이 변하여 피가 되려니와</u>

(개역) 주의 크고 영화로운 날이 이르기 전에 해가 변하여 어두워지고 달이 변하여 피가 되리라

(공동) 해는 빛을 잃어 어두워지고 달은 피와 같이 붉어져 마침내 크고 영광스러운 주의 날이 오리라.

(표준) 주님의 크고 영화로운 날이 오기 전에, 해는 변해서 어두움이 되고, 달은 변해서 피가 될 것이다.

위에 나타난 번역을 보면 GNB와 공동번역만 은유를 직유로 바꾸어 번역하고 나머지는 은유 그대로 번역한 것을 볼 수 있다. 물론 은유의 경우는 문맥을 통해서 그 뜻이 밝혀질 수 있지만 위의 '달이 변해서 피가 된다'는 구절은 피의 특성을 생각하지 않으면 이해가 안가는 부분이다. 그래서 은유와 직유의 함축적인 의미를 파악하기 위해서는 다음과 같은 특성을 알아야 한다. 즉 은유와 직유는 화제(topic), 이미지(image), 유사점(point of similarity)의 세 부분으로 구성된다는 점이다. 우선 화제란 이미지에 의해서 예화로 들어진 항목을 말하고, 이미지란 비유되는 부분을 말하며, 유사점이란 화제와 이미지가 공유할 수 있는 특별한 부분을 말한다.(Beekman & Callow 1988: 127) 종종 제기되는 오해는 이러한 비유의 세 가지 측면과 관련된다. 다음에 나오는 성경 텍스트를 예로 들면서 비유의 세 가지 측면인 이미지, 화제, 유사점을 살펴보면 그 표현의 함축적인 의미를 알 수 있다.

Isaiah 53:6
(KJV) All we like sheep have gone astray; we have turned every on to his own way; and the LORD hath laid on him the iniquity of us all.

(흠한) 우리는 다 양 같아서 길을 잃고 각각 자기 길로 갔거늘 주께서는 우리 모두의 불법을 그에게 담당시키셨도다.

(개역) 우리는 다 양 같아서 그릇 행하여 가기 제 길로 갔거늘 여호와
께서는 우리 무리의 죄악을 그에게 담당시키셨도다.

(공동) 우리 모두 양처럼 길을 잃고 헤매며 제 멋대로들 놀아났지만,
야훼께서 우리 모두의 죄악을 그에게 지우셨구나.

(표준) 우리는 모두 양처럼 길을 잃고, 각기 제 갈 길로 흩어졌으나, 주
님께서 우리 모두의 죄악을 그에게 지우셨다.

위의 나타난 한국어 성경번역에서 볼 수 있듯이, 화제(topic)란 무엇에 대
해 얘기하고 있나라는 점에서 "우리"가 되겠고, 이미지(image)는 화제가 무
엇에 비유되었나를 설명한다는 점에서 "양"이 되겠으며, 유사점(point of
similarity)은 화제와 이미지, 둘 사이에 비유되는 공유의미이므로 '길을 잃
고 각기 자기 길로 갔거늘'이 된다. 여기서 화제와 이미지, 유사점을 비교
해 볼 때 공동번역의 '제멋대로들 놀아났지만'이라는 번역보다는 '각기 제
갈 길로 흩어졌다'는 표현이 어울린다. 왜냐하면 놀아났다는 표현은 화제
인 우리(사람)에게만 해당되는 표현이며, 이미지인 양에게 적용하기보다는
사람에게 어울리는 표현이라 하겠다.

4.1.1 해당 표현에 나오는 이미지를 버리고 번역하는 경우

성경을 번역할 때 번역가가 택할 수 있는 방법 중의 하나는 원문의 비
유가 가리키는 의미를 비유가 아닌 다른 방식으로 번역하는 것이다. 이 경
우 번역가는 원문의 이미지를 그대로 유지할지 아니면 포기할지를 결정하
게 된다. 더 이상 사용되지 않는 이미지를 버리고 번역하면 오히려 의미가
쉽게 통할 수 있다.

Acts 15:10

(KJV) Now therefore why tempt ye God, to put <u>a yoke upon the neck of the</u> <u>disciples</u>, which neither our fathers nor we were able to bear?

(GNB) So then, why do you now want to put God to the test by laying <u>a load on</u> <u>the backs of the believers</u> which neither our ancestors nor we ourselves were able to carry?

(흠한) 그런데 이제 너희가 어찌하여 하나님을 시험하여 우리 조상들이나 우리나 능히 메지 못하던 <u>멍에를 제자들의 목에 두려</u> 하느냐?

(개역) 그런데 지금 너희가 어찌하여 하나님을 시험하여 우리 조상과 우리도 능히 메지 못하던 <u>멍에를 제자들의 목에 두려느냐</u>

(공동) 그런데 지금 여러분은 왜 우리의 조상들이나 우리가 다 감당하지 못했던 <u>멍에를 그 신도들의 목에 메워서</u> 하느님께서 하시는 일을 간섭하려 드는 것입니까?

(표준) 그런데 지금 여러분은 왜 우리 조상들이나 우리가 다 감당할 수 없던 멍에를 제자들의 목에 메워서, 하나님을 시험하는 것입니까?

위의 구절에서 이미지는 소의 목에 멍에를 씌우는 행위이고, 이에 해당하는 사건은 제자들에게 수많은 계율(戒律)을 지키도록 요구하는 것이다. 영어성경 GNB 는 이미지를 '신자들의 등위에 짐으로(a load on the backs of the believers)'로 표현하였다. 그런데 어떤 문화의 수용언어에 멍에라는 이미지가 존재하지 않을 때 그 이미지를 제거하고 다음과 같이 "그런데 지금 여러분은 어찌하여 하나님을 시험하여 제자들에게 그렇게 어려운 일을 요구하느냐?"로 번역할 수 있다. 이처럼 경우에 따라 이미지를 제거하고 번역할 수도 있다. 그러나 Beekman & Callow(1988: 149)가 주장한 것처럼 어떤 수용언어 독자들은 이러한 이미지를 통해 어떠한 의미도 전달받을 수 없기에 이미지 등가어를 만들어 내는 것이 무엇보다 중요하다 하겠다.

4.1.2 화제(topic)가 암시적인 경우

앞에서 은유와 직유의 구조에 대해 논의하면서 화제가 종종 암시적일 수 있다는 점을 지적한 바 있다. 여기서 몇 가지 예를 더 살펴보도록 하자.

John 12:24

(KJV) Verily, verily, I say unto you, Except a corn of wheat fall into the ground and die, it abideth alone: but if it die, it bringeth forth much fruit.

(GNB) I am telling you the truth: a grain of wheat remains no more than a single grain unless is dropped into the ground and dies. If it does die, then it produces many grains.

(흠한) 진실로 진실로 내가 너희에게 이르로니, 한 알의 밀이 땅에 떨어져 죽지 아니하면 한 알 그대로 있고 죽으면 많은 열매를 맺느니라.

(개역) 내가 진실로 너희에게 이르노니 한 알의 밀이 땅에 떨어져 죽지 아니하면 한 알 그대로 있고 죽으면 많은 열매를 맺느니라

(공동) 정말 잘 들어 두어라. 밀알 하나가 땅에 떨어져 죽지 않으면 한 알 그대로 남아 있고 죽으면 많은 열매를 맺는다.

(표준) 내가 진정으로 진정으로 너희에게 말한다. 밀알 하나가 땅에 떨어져서 죽지 않으면 한 알 그대로 있고, 죽으면 열매를 많이 맺는다.

위의 요한복음 12:24 의 구절은 화제가 암시되었다는 점을 알 수 있다. 그 밀알이 무엇을 가리키는지 직접적으로 설명하고 있지 않기 때문이다. 비슷한 예로 마태복음 7:6 에 나와 있는 구절을 살펴보자.

Matthew 7:6

(KJV) Give not that which is <u>holy</u> unto the dogs, neither cast ye your <u>pearls</u> before <u>swine</u>, lest they trample them under their feet, and turn again and rend you.

(GNB) Do not give what is <u>holy</u> to dogs- they will only turn and attack you. Do not throw your <u>pearls</u> in front of <u>pigs</u>-they will only trample them underfoot.

(흠한) <u>거룩한 것</u>을 <u>개</u>에게 주지 말며 너희 <u>진주</u>를 <u>돼지</u> 앞에 던지지 말라. 그들이 그것들을 자기 발 밑에서 짓밟고 다시 돌이켜 너희를 찢을까 염려함이라.

(개역) <u>거룩한 것</u>을 <u>개</u>에게 주지 말며 너희 <u>진주</u>를 <u>돼지</u> 앞에 던지지 말라 저희가 그것을 발로 밟고 돌이켜 너희를 찢어 상할까 염려하라

(공동) "<u>거룩한 것</u>을 <u>개</u>에게 주지 말고 <u>진주</u>를 <u>돼지</u>에게 던지지 말라. 그것들이 발로 그것을 짓밟고 돌아 서서 너희를 물어 뜯을지도 모른다".

(표준) <u>거룩한 것</u>을 <u>개</u>에게 주지 말고, 너희의 <u>진주</u>를 <u>돼지</u> 앞에 던지지 말아라. 그들이 발로 그것을 짓밟고, 되돌아서서, 너희를 물어뜯을지도 모른다."

위의 구절에서 '거룩한 것', '진주', '개', '돼지'가 무엇을 가리키는지 명시화되어 있지 않다. 이것은 문자적으로 사용되지 않고 이 피조물들의 나타난 특성이나 질이 함축되어 사용된 것을 인식하게 된다. 이처럼 화제가 암시적인 경우, 수용자가 이러한 은유적 표현을 인식하지 못하는 경우, 이런

구절들을 실제로 거룩한 것, 개, 진주에 한하여 축자적으로 해석하는 경우
도 있다. 또 다른 예로 디모데후서 2:3 의 구절을 살펴본다.

2 Timothy 2:3

(GNB) Take your part in suffering, as a loyal soldier of Christ Jesus.

(KJV): Thou therefore endure hardness, as a good soldier of Jesus Christ.

(흠한) 그러므로 너는 예수 그리스도의 좋은 군사로서 고난을 견디어
내라.

(개역) 네가 그리스도 예수의 좋은 군사로 나와 함께 고난을 받을찌니

(공동) 그대는 그리스도 예수의 충성스러운 군인답게 그대가 받을 고
난을 달게 받으시오.

(표준) 그대는 그리스도 예수의 훌륭한 군사답게 고난을 함께 달게 받
으십시오.

위의 한국어 성경 번역에서 공동번역의 '충성스러운 군인답게'와 표준새
번역의 '훌륭한 군사답게'는 군인의 이미지와 어울리는 표현이라 할 수 있
다. 그러나 개역과 흠정역 한글번역의 '좋은 군사로서'는 군인의 이미지와
어울리는 표현이라 할 수 없다.

위에서 디모데가 하는 일을 군인이 겪는 고난과 비유하면서 디모데를
훌륭한 군인으로 비유하는 간단한 직유법이 사용되고 있다. 그러나 그 뒤
에는 다음과 같은 은유적 표현이 뒤따라 나온다. "군사로 다니는 자는 자
기 생활에 얽매이는 자가 하나도 없나니 이는 군사로 모집한 자를 기쁘게
하려 함입니다." 군인이 처한 상황을 직접적으로 말해주고 있지만 문맥상

실제 군인보다는 기독교인을 가리키는 표현이며, 이는 그저 암시되어 있을 뿐이므로 앞 구절을 통해 추론하게 된다. 수용언어 독자가 이러한 은유적 표현을 알아차리지 못하는 경우에는 이런 표현들을 실제 군인으로 문자적 해석을 하는 경우가 많다. 결국 화제(topic)는 이러한 이미지(image)를 통해 드러나게 됨을 잘 보여준다.

4.1.3 유사점이 암시적인 경우

Beardsley(1981)는 어휘의 의미를 일반적 지시(ordinary designation)를 나타내는 중심적 의미(central meaning)와 그 어휘로부터 암시되는 주변적 의미(marginal meaning)로 분류하여 은유를 설명했다. 그에 따르면 은유 'A is B'에서 A 와 B 의 지시적 특성들(designated properties)의 논리적 대립(logical opposition)으로, 이 어휘들이 지시기능을 상실하게 된다. 이 경우에 B 와 관련된 암시적 의미들(associated connotations)이 A 에 적용됨으로써 새로운 의미가 생성된다.(정희자 1999: 314)

그 예로 유사점이 암시적이어서 오해가 발생하는 첫째 경우는 그 이미지가 이미 수용 언어권에서 은유적으로 사용되는 경우다. 다음의 경우를 살펴보자.

Luke 13:32

(GNB) Jesus answered them, Go and tell <u>that fox</u>:

(KJV) And he said unto them, Go ye, and tell that fox:

(흠한) 그분께서 그들에게 이르시되, 너희는 가서 저 여우에게 이르기를

(공동) 예수께서는 "그 여우에게 가서…'고 전하여라.

(표준) 예수께서 그들에게 말씀하셨다. "가서, 그 여우에게" 전하기를

이 구절에서 화제는 헤롯왕이며 이미지는 여우이다. 우선 이미지 측면에서 여우는 털이 많고 교활하며, 도적질을 잘하며, 붉은 빛깔을 띠고 다른 생명을 죽인다는 점이다. 이런 점에서 헤롯왕과 여우의 유사점은 교활함으로 추론할 수 있다. 사실 '여우'라는 말은 여러 언어에서 비유적으로 많이 사용되고 있다. 특히 성경에서 나타난 여우는 파괴적인 짐승으로 보인다. 여우는 포도나무의 뿌리뿐만 아니라 다른 많은 곡식을 해치는 사악한 동물이다. 또한 한국문화에서도 '여우'는 교활하고 사악한 동물로 인식하고 있다. 그러나 Beekman & Callow(1988: 149)이 조사한 바에 따르면 여우는 빌라 아타의 자포텍스(Zapotecs) 부족에게는 '많이 우는 사람'을 의미하고 토티야(Tortilla)의 쿠아카텍스(Cuicatecs) 부족에게는 '훌륭한 사냥꾼'을 의미한다는 것이다. 이처럼 문자적 의미를 이해하는 능력이나 세상의 한정된 문화적 지식만으로는 은유를 이해할 수 없고 올바른 은유의 이해 없이는 수사적 표현의 의미 번역이 어렵다는 사실을 알 수 있다. 또한 유사점은 화제와 이미지 사이에서 비교되고 유사한 점이 무엇인가에 나타난다. 유사점은 화제처럼 분명하게 나타날 수도 있고 그렇지 않을 수도 있다. 만약 유사점이 분명하게 서술되어 있지 않을 땐, 문맥으로부터 유사점을 추론해야만 할 것이다. 예를 들면 '양'은 성경에서 자주 사용된 이미지다. 그러나 이것은 상황문맥과 비교를 해야만 유사점을 올바로 이해하고 번역을 할 수 있다. 다음에 나오는 성경 번역을 살펴보자.

Isaiah 53:7
(KJV) He was oppressed, and he was afflicted, yet he opened not his mouth: he is brought as a lamb to the slaughter, and as a sheep before her shearers is dumb, so

he openeth not his mouth.

(GNB) He was treated harshly, but endured it humbly; he never said a word. Like a lamb about to be slaughtered, like a sheep about to be sheared, he never said a word.

(흠한) 그가 학대를 당하고 고난을 당하였어도 자기 입을 열지 아니하였으며 도살장으로 향하는 어린 양같이 끌려가 털 깎는 자 앞에서 잠잠한 양같이 자기 입을 열지 아니하였도다.

(개역) 그가 곤욕을 당하여 괴로울 때에도 그 입을 열지 아니하였음이여 마치 도수장으로 끌려가는 어린 양과 털 깎는 자 앞에 잠잠한 양같이 그 입을 열지 아니하였도다.

(공동) 그는 온갖 굴욕을 받으면서도 입 한번 열지 않고 참았다. 도살장으로 끌려가는 어린 양처럼 가만히 서서 털을 깎이는 어미 양처럼 결코 입을 열지 않았다.

(표준) 그는 굴욕을 당하고 고문을 당하였으나, 아무 말도 하지 않았다. 마치 도살장으로 끌려가는 어린 양처럼, 마치 털 깎는 사람 앞에서 잠잠한 암양처럼 끌려가기만 할 뿐, 아무 말도 하지 않았다.

위의 GNB와 표준새번역에 나타난 'he never said a word', '아무 말도 하지 않았다'로 번역한 것을 제외하고는 다른 성경 번역에는 전부 '입을 열지 않았다'로 표현하였다. 이 구절의 유사점에 대한 번역은 '양'의 이미지와 비교해볼 때 '아무 말도 하지 않았다'보다는 '입을 열지 않았다'로 해야 올바른 번역이 될 것이다. 그러나 이 문맥에서 이미지인 '양'은 예수 그리스도를 나타내 주기 때문에 오히려 '아무 말도 하지 않았다'로 번역한 것이 텍스트 등가에 더 합당하다 할 수 있다.

Larson(1998: 276)은 유사점이 분명하지 않은 상태에서 수용언어로 번역할 때 매우 잘못된 의미로 번역이 될 수밖에 없다고 설명하면서 다음과 같은 예를 들었다.

> Sheep; long-haired man; a drunkard; a person who doesn't answer back; one who just follows without thinking; a young fellow waiting for girls to follow him.

즉 '양(sheep)'이 어떤 문화에서는 '긴 머리카락을 가진 남자(long-haired man)', '술고래(a drunkard)', 또는 '대답을 하지 않는 사람(a person who doesn't answer)' 등으로 인식하고 있다는 점이다. 따라서 번역가는 그 문화에서 이미지에 나타난 유사점을 파악하지 않고 문자적으로 번역하면 잘못된 의미를 전하게 된다. 그리고 메시지는 독자가 유사점을 파악한 후에야 완성되며, 독자는 메시지의 완성을 위하여 몇몇 그럴듯한 유사점을 선택하게 된다. 독자는 당연히 자신의 종교적, 문화적 배경에 맞추어 뜻이 잘 통하는 것을 선택한다. 독자가 기독교 신자일지라도, 심지어 문맥상 의미를 알 수 있게 해주는 단서가 있다 해도, 독자 자신의 문화에 비추어 자신에게 어울리는 유사성을 선택할 것이다. 따라서 번역가는 자신이 접하고 있는 하나의 단어, 하나의 표현에도 그 이면에 자리잡고 있는 문화의 실마리를 찾아낼 수 있어야 하며, 그것이 텍스트 전체의 이해에 있어 어떠한 파급 효과를 가져올 수 있는지를 가늠해 보아야 할 것이다. 또한 단어의 의미 속에 담긴 문화적 맥락을 모르면 매우 난처한 일이 벌어질 수도 있다. Nida(1996, 송태효 역 2002: 2)는 그러한 예로 다음과 같은 에피소드를 말하였다.

> "동아프리카의 어떤 성경 번역자가 누가복음을 번역하면서 지역 주민들에게 "virgin"에 해당하는 말을 물었다. 그들이 제시한 단어를 그는 번역 텍스트에 그대로 옮겼다. 복음서가 간행되자 곧 많은 처녀들이 제식적 의미를 지닌 성교 행위를 통해 이른바 성인식을 치렀다.

번역가는 이 의식을 강하게 비난하였다. 그러나 그가 번역한 누가복음에 의하면 예수 어머니가 이 의식에 참여한 것이 되기에, 주민들은 그의 비난을 받아들일 수 없었다. 주민들이 제시했던 "virgin"은 한편으로는 정확히 동정녀의 의미를 지니고 있었지만 또 다른 한편으로는 성의식을 통해 성인식을 치른 여자들이라는 의미도 포함하고 있었기 때문이다".

이렇게 말의 의미는 그것이 사용되는 문화와 밀접한 연관을 맺고 있다. 또한 나이다는 텍스트마다, 시간, 장소, 참여자, 이에 따른 환경, 전달 매체 등이 설정되어 있는데, 이러한 요소들을 제대로 인식하지 못하면 텍스트의 실제적인 이해도 불가능할 것이다.

4.1.4 비유되는 항목과 비슷한 대체물이 수용언어에 없는 경우

이미지가 수용언어에서 은유적으로 사용되지 않기 때문에 문제가 발생하는 경우를 살펴보자.

Mark 1:17

(KJV) And Jesus said unto them, come ye after me, and I will make you to become fishers of men.

(NIV) "Come, follow me Jesus said, "and I will make you fishes of men."

(흠한) 예수님께서 그들에게 이르시되, 나를 따라오라. 내가 너희로 하여금 사람을 낚는 어부가 되게 하리라, 하시니

(개역) 예수께서 가라사대 나를 따라오너라 내가 너희로 사람을 낚는

어부가 되게 하리라 하시니

(표준) "나를 따라 오너라. 내가 너희를 <u>사람을 낚는</u> 어부가 되게 하겠다."

(공동) "나를 따라 오라. 내가 너희를 <u>사람 낚는</u> 어부가 되게 하겠다" 하고 말씀하셨다.

 이 구절에서 은유의 문제를 해결하는 한 가지 방법은 "사람"과 "물고기"에 적당한 핵심연결 단어를 찾아내는 것이다. "낚다(gather)"라는 말도 때로는 사람과 물고기 양쪽 모두에 사용되기도 하지만, 이는 사람보다는 물고기와 어울려 사용되는 경향이 있다. 사람에게 사용되는 경우는 통속적이거나 다른 엉뚱한 연상을 내포하기 쉽다. 그래서 '사람'과 '물고기'를 연결해 주는 또 다른 용어로는 '일'을 생각해 볼 수 있다. 가령 "그동안 물고기를 잡느라 열심히 일해왔으니 이제는 내가 너희에게 나를 위해 제자를 키우는 새로운 일을 맡기겠다"는 문장을 통해 이를 확인할 수 있다. 다른 예로 마태복음 3:3 에 나타난 "너희는 주의 길을 예비하라 그의 첩경을 평탄케 하라"를 살펴보면 길이나 첩경은 모든 문화권에서 널리 퍼져 있는 개념이다. 그러나 이 은유에서 사용된 이미지는 고귀한 분을 맞이하기 위해 길을 준비하려고 일하는 것을 가리키고 있다. 이 이미지에서 보여주고 있는 화제는 예수를 맞이하기 위해서는 마음의 준비가 필요하다는 것이다. 이러한 은유가 가능하려면 대개 이미지와 화제를 적절히 연결해 줄 단어나 표현이 필요하다. 여기서 영어성경과 한국어 성경은 어떻게 번역하였는지 살펴본다.

Matthew 3:3
(KJV) For this is he that was spoken of by the prophet Esaias, saying, The voice of one crying in the wilderness, <u>Prepare ye the way of the Lord, make his paths straight.</u>

(흠한) 이는 주께서 대언자 이사야를 통해 이 사람에 대하여 말씀하셨음이라. 이르시되, 광야에서 외치는 자의 소리가 있어 이르되, 너희는 주의 길을 예비하라. 그분의 행로를 곧게 하라, 하였느니라.

(개역) 저는 선지자 이사야로 말씀하신 자라 일렀으되 광야에 외치는 자의 소리가 있어 가로되 너희는 주의 길을 예비하라 그의 첩경을 평탄케 하라 하였느니라

(공동) 이 사람을 두고 예언자 이사야는 이렇게 말하였다. "광야에서 외치는 이의 소리가 들린다. 너희는 주의 길을 닦고 그의 길을 고르게 하여라."

(표준) 이 사람을 두고 예언자 이사야는 이렇게 말하였다. "광야에서 외치는 이의 소리가 있다. '너희는 주님의 길을 예비하고, 그의 길을 곧게 하여라.'

앞에서도 언급했지만 위 구절의 은유에서 사용된 이미지는 고귀하고 훌륭한 분을 맞이하기 위해 길을 준비하고 예비해야 된다는 점을 고려해 볼 때 공동번역의 '너희는 주의 길을 닦고 그의 길을 고르게 하여라'는 핵심 연결단어와 표현에 어울리지 않는 번역이라 할 수 있다.

4.1.5 은유적 의미가 수용언어에서 통하지 않는 경우

어떤 언어에서 은유가 자주 사용되고 또 새로운 은유도 잘 받아들인다 해도 어떤 종류의 은유는 그 은유적 의미를 제대로 전달하지 못하는 경우가 있다. 한국어 성경 번역에는 그러한 점을 아직 발견하지 못했지만 만약 어떤 언어에 새로운 은유가 정기적으로 생성되고 있다면 성경 번역의 은

유도 잘 받아들여질 것이라고 기대할 수 있을 것이다. 반면에 새로운 은유가 생성되지 않는 언어일 경우에는 성경의 은유가 은유 형태를 그대로 유지한 채 번역된다면 이해하기가 힘들 수 있다. 이럴 때 번역가는 어떻게 해야 하는가? 번역가가 항상 주의를 기울이고 연구해야 할 것 중 하나는 수용 문화에서 새로운 은유가 형성되고 이해되고 있는가 하는 점이다. 이러한 사실을 인식하기에 앞서 번역가는 모든 언어에 죽은 은유(dead metaphor)와 현재 사용 중인 은유(live metaphor)가 존재하고 있다는 사실을 알아야 한다.(Larson 1975: 87) 죽은 은유란 한때는 은유로 사용했던 문구인데 현재는 비유로 사용되고 있지 않는 것을 말하는 것이고 현재 사용 중인 은유는 가르치거나 설명하기 위해 현장에서 만들어서 사용하는 은유를 말한다. 다시 말해서 죽은 은유는 관용어구나 속담의 일종이다.[32] 이러한 죽은 은유를 번역할 때는 비유로 번역할 것이 아니라 관용어로 번역을 해야 할 것이다.(Barnwell, 2001: 153) 그러나 모든 관용구가 구성 성분의 문자적 의미와 관계없는 것은 아니다. 구성성분의 의미 분석이 가능하지 않기 때문에 변형이 불가능한 것도 아니다.(Langacker 1987: 3-5) 많은 관용어들은

---

[32] 박영순(2000: 77)은 은유와 관용어(idiom)의 차이를 다음과 같이 설명한다:

은유는 우선 기저 구조에 A=B가 있는 반면 관용어는 반드시 그렇지는 않다는 것이다. 여기서 은유의 경우 A가 표면에 나타나기도 하지만 그렇지 않고 B만 나타날 수도 있다. 그런데 은유의 난이도나 은유성의 정도에 따라서 청자나 독자가 B를 보고 A를 쉽게 이해할 수 있는 경우도 있고, 깊이 생각을 해야만 알 수 있는 것도 있으며, 끝내 화자나 필자의 의도를 이해하지 못하고 청자나 독자가 임의로 해석하는 경우도 있다. 따라서 이러한 경우, 독자들 사이에 일치된 해석은 기대할 수 없게 된다. 그러나 관용어는 기저에 A=B와 같은 전제가 있는 것은 아니다. 단지 단어들의 의미의 합으로는 이해할 수 없는 제3의 의미로 굳어진 구이상의 언어단위로서 그 생성 동기는 비유, 문화적 관습, 의미의 확대, 구체어의 추상화 등으로 보인다. 그리고 문자 그대로의 의미로도 사용되고 관용적으로 쓰일 경우에는 관용적인 의미로 사용되는 경우만을 관용어라 할 수 있다.

문자적 의미와 은유적 의미를 가지며, 은유적 의미는 문자적 의미가 맥락에서 추론 과정을 거침으로써 도출되는 의미이다. 죽은 은유의 예를 성경 구절에서 찾아보고 이 관용구가 무엇을 의미하는지 알아보고 한국어 성경은 어떻게 번역하였는지 살펴본다.

Luke 1:42

(KJV) And she spake out with a loud voice, and said, Blessed art thou among women, and blessed is the <u>fruit of thy womb</u>.

(NIV) In a loud voice she exclaimed: "Blessed are you among women, and blessed is <u>the child you will bear</u>."

(흠한) 큰 소리로 말하여 이르되, 여자들 가운데 네가 복이 있으며 <u>네 태의 열매</u>도 복이 있도다.

(개역) 큰 소리로 불러 가로되 여자 중에 네가 복이 있으며 <u>네 태중의 아이</u>도 복이 있도다.

(공동) 큰 소리로 외쳤다. "모든 여자들 가운데 가장 복되시며 <u>태중의 아드님</u> 또한 복되십니다."

(표준) 큰 소리로 외쳐 말하였다. "그대는 여자들 가운데서 복을 받았고, 그대의 <u>태중의 아이</u>도 복을 받았습니다."

위에서 보면 흠정역 영어성경의 '<u>the fruit of your womb</u>'는 죽은 은유이다. 이 의미는 '<u>태중의 아이</u>(the child you will bear)'를 의미하는 것이다.

여기에 대한 우리말 성경번역의 흠정역 한글 번역은 죽은 은유의 'the fruit of your womb'를 '<u>태의 열매</u>'라고 문자 그대로 직역하고 있다. 반면에 개역, 공동번역, 표준새번역에는 '태중의 아이'라고 번역하고 있다. 그러나 흠정역 한글 번역에서와 같이 죽은 은유 그대로 직역하게 되면 텍스트성의 일곱 가지 기준 가운데, 수용 언어 독자가 어떻게 받아들이는가의 수용성과 독자에게 무엇을 말해주는지의 정보성에 문제가 생긴다. 다음은 관용구와 유사한 속담이 어떻게 은유적인 방법으로 쓰이는지 살펴본다.

> Luke 23:31
>
> (KJV) For if they do these things in a green tree, what shall be done in the dry?
>
> (GNB) For if such things as these are done when the wood is green, what will happen when it is dry?
>
> (흠한) 그들이 푸른 나무에 이런 일들을 행할진대 마른 나무에는 무슨 일을 행하리요? 하시니라
>
> (개역) 푸른 나무에도 이같이 하거든 마른 나무에는 어떻게 되리요 하시니라
>
> (공동) 생나무가 이런 일을 당하거든 마른 나무야 오죽하겠느냐? 하고 말씀하셨다.
>
> (표준) 나무가 푸른 계절에도 사람들이 이렇게 하거든, 하물며 나무가 마른 계절에야 무슨 일이 벌어지겠느냐?

위의 내용을 분석해 보면 예수께서는 그들이 울면서 따라오는 여인들에게 그를 위해 울지 말고 그들의 자녀들을 위해 울라고 "푸는 나무에도 이같이 하거든 마른 나무에는 어떻게 하리요?"라는 속담을 사용하면서 간청한다. 여기에서 이미지들이 푸른 나무와 마른 나무로 사용되었다 해도, 이

문맥에서는 예수께서 나무들에 대해서 언급하는 표시가 없다. Beekman & Callow(1988: 135)에 따르면 '푸른 나무는 젊고 힘차고 무죄한 것, 마른 나무는 노쇠하고 불의한 것을 표시한다고 설명한다. 즉 그 속담은 이 의미를 전달하기 위해 죽은 은유로 사용되고 있다. 한국어 성경 번역을 살펴보면 공동번역은 '생나무'로 번역하였고 표준새번역은 '나무가 푸른 계절'로 번역하였다. Beekman & Callow(1988: 136)에 의하면 속담을 번역할 때, 속담에 뒤따라 오는 말이 그 속담의 의미로 소개될 수도 있거나 동등한 현지 속담으로 대신할 수 있다고 설명한다.

수용언어 독자들이 성경의 은유를 받아들인다 해도 그 은유를 올바로 이해할지, 즉 유사점이나 화제를 제대로 짚어낼 것인지는 보장할 수 없는 것이다. 따라서 각각 경우 별로 확인해 봐야 한다. 그러나 비유적 표현에 대해서 거부감이 확실한 경우에는 대부분 직설적인 표현을 통해 정확한 의미가 전달되도록 해야 한다. 그렇지 않으면 원천언어의 의미가 정확하게 전달되지 않고 잘못된 의미만 전달되거나 아무런 뜻도 전달하지 못하게 되기 때문에 정확한 의미를 전달하는 데 실패하게 된다.

4.2 은유와 직유(Metaphor and Simile)번역 방법

직유와 은유에 대한 오해는 흔한 현상이며 그 이유 또한 다양하다. 그렇다면 이런 의문이 들게 된다. 비유적 표현을 직역 대신 다른 방법을 통해 번역하는 것이 적절한지 아닌지는 다음과 같은 사항이라면 당연히 다른 방법을 통해 번역을 해야 할 것이다. 그것은 바로 직역했을 때 의미가 다르게 전달되거나 모호하거나 두 가지 뜻으로 해석되거나 혹은 전혀 의미가 통하지 않을 때이다. 수용언어 독자의 신중한 질문을 통해 특정 은유나

직유가 원전의 의미를 제대로 전달하지 못하고 있다는 게 드러나면 번역
가는 화제, 이미지, 유사점 등 그 원인이 무엇인지 찾아내 번역을 수정함
으로써 문제를 해결해야 한다.(Beekman 1988: 143-144) 그러나 원문 청자조
차 잘못 이해했던 은유에 대해서는 신중해야 한다. 다음에 나와 있는 마가
복음 8:15 을 살펴보면 알 수 있다.

> Mark 8:15, 16
>
> (KJV) And he charged them, saying, Take heed, <u>beware of the leaven of the</u>
> <u>Pharisees, and of the leaven of Herod.</u> And they reasoned among themselves,
> saying, It is because we have no bread.
>
> (GNB) "Take care", Jesus warned them, "and be on your guard <u>against the yeast</u>
> <u>of the Pharisees and the yeast of Herod.</u>" They started discussing among
> themselves: "He says this because we don't have any bread."
>
> (흠한) 예수님께서 그들에게 명하여 이르시되, 삼가 <u>바리새인들과 헤롯</u>
> <u>의 누룩</u>을 조심하라, 하시니 그들이 서로 의논하여 이르되, 이는 우리
> 에게 빵이 없기 때문이로다, 하거늘
>
> (공동) 예수께서 제자들에게 "<u>바리사이파 사람들의 누룩과 헤로데의</u>
> <u>누룩</u>을 조심하여라" 하고 경고하시자 제자들은 "빵이 없구나!" 하며
> 서로 걱정하였다.
>
> (표준) 예수께서 제자들에게 경고하여 말씀하셨다. "너희는 주의하여라.
> <u>바리새파 사람의 누룩</u>과 <u>헤롯의 누룩</u>을 조심하여라." 제자들은 서로
> 수군거리기를 "우리에게 빵이 없어서 그러시는가 보다" 하였다.

위의 구절은 예수의 제자들이 예수의 말을 문자 그대로 받아들여 오해
한 부분이다. 이 부분을 화제와 유사점을 명백하게 드러내어 다음과 같이

126

"누룩 같은 바리새인들과 헤롯을 조심하여라" 직유로 번역한다면 오해의 소지가 없을 것이다. Beekman & Callow(1988: 134)에 따르면 예수께서 그의 제자들에게 "누룩을 조심하라..."고 경고할 때, 그 바로 인접한 문맥은 제자들이 어찌하여 빵을 한 개밖에 가져오지 않았나이다. 그래서 이것은 제자들이 예수의 말씀을 문자적으로 이해했던 상황이다. 그러므로 여기에 나오는 '누룩'은 살아 있는 은유라 할 수 있다. 이와 비슷한 비유적 표현인 다음을 살펴본다.

> John 2:19
>
> (GNB) Jesus answered, "Tear down this Temple, and in three days I will build it again."
>
> (공동) 예수께서는 "이 성전을 허물어라. 내가 사흘 안에 다시 세우겠다" 하고 말씀하셨다.
>
> (표준) 예수께서 그들에게 말씀하셨다. "이 성전을 허물어라. 그러면 내가 사흘 만에 다시 세우겠다."

이 구절에서도 예수가 자신의 몸을 가리켜 "성전"의 이미지를 사용했을 때도 사람들은 그 말을 이해하지 못한 점을 알 수 있다. 어떤 번역 방식을 선택할지는 우선 그 비유가 현재 통용되고 있는지 아니면 이미 사라진 것인지 하는 문제와, 그 비유가 주제와 직결된 이미지 혹은 상징으로 여겨지는가의 여부에 달려 있다. 만일 더 이상 사용되지 않는 사라진 은유라면 그 이미지 역시 주목할 필요가 없으므로 생략하고 화제와 유사점만 번역문에서 분명하게 밝혀주면 된다. 그러나 그 비유가 현재에도 유효하고 주제와 직결된 이미지나 상징이라면 그 이미지는 최대한 그대로 살려서 번역되어야 한다.(Larson 1975: 82-83, Beekman & Callow 1988: 132)

은유는 그 은유적 형태를 그대로 유지한 채 은유의 구성요소를 좀 더 분명하게 드러내는 방식으로 번역되기도 한다. 다음에 나와 있는 성경 구절을 살펴보자.

Mark 4:17

(KJV) And <u>have no root in themselves</u>, and so endure but for a time: afterward, when affliction or persecution ariseth for the word's sake, immediately they are offended.

(NIV) But <u>since they have no root</u>, they last only a short time. When trouble or persecution comes because of the word, they quickly fall away.

(흠한) <u>그 속에 뿌리가 없으므로</u> 잠시만 견디다가 후에 말씀으로 인하여 고난이나 핍박이 일어나는 때에는 곧 실족하는 자들이요.

(개역) <u>그 속에 뿌리가 없어</u> 잠깐 견디다가 말씀을 인하여 환난이나 핍박이 일어나는 때에는 곧 넘어지는 자요.

(공동) <u>그 마음 속에 뿌리가 내리지 않아</u> 오래가지 못하고 그 후에 말씀 때문에 환난이나 박해를 당하게 되면 곧 넘어지는 사람들을 두고 하는 말이다.

(표준) <u>그들 속에 뿌리가 없어서</u> 오래가지 못하고, 그 말씀 때문에 환난이나 박해가 일어나면 곧 걸려 넘어진다.

위의 구절에 나오는 "그들 속에 뿌리가 없어서…"라는 비유에서 "뿌리"는 이미지이고 그에 해당하는 화제는 바로 "(하나님)"의 말씀이다. 한국어 번역성경에서 공동번역의 "그 마음 속에 뿌리로 번역한 부분이 다른 번역보다 화제인 "하나님의 말씀"과 가장 연결이 잘 되게 번역했음이 드러난다.

그 비유의 의미를 좀 더 분명히 하기 위해서 다음과 같이 "하나님의 말씀"을 넣어줌으로써 화제를 보강하면 그 비유가 좀 더 명확해질 수 있다: 그 마음 속에 하나님의 말씀 뿌리가 내리지 않아...

다음은 원전에서 단지 암시만 되어 있는 은유의 경우 그 화제를 명확하게 해주어야 하는 경우를 살펴보자.

> Luke 5:34
>
> (GNB) Jesus answered, "Do you think you can make the <u>guests at a wedding party</u> go without food as long as <u>the bridegroom</u> is with them?"
>
> (KJV) And he said unto them, Can ye make the children of the bridechamber fast, while the bridegroom is with them?
>
> (개역) 예수께서 저희에게 이르시되 <u>혼인집 손님들</u>이 <u>신랑</u>과 함께 있을 때에 너희가 그 손님으로 금식하게 할 수 있느뇨
>
> (공동) 예수께서는 이렇게 대답하셨다. "너희는 <u>잔칫집에 온 신랑의 친구들</u>이 신랑과 함께 있는 동안에도 그들을 단식하게 할 수 있겠느냐?"
>
> (표준) 예수께서 그들에게 말씀하셨다. "너희는 <u>혼인 산치의 손님들</u>을, 신랑이 그들과 함께 있는 동안에 금식하게 할 수 있겠느냐?"

여기에서는 유대인들의 혼인 잔치에서 볼 수 있는 이미지가 사용된다. "혼인집 손님"이라는 이미지와 그에 상응하는 화제 "예수의 제자들", "신랑"이라는 이미지와 그에 상응하는 화제 "예수 자신"을 발견할 수 있다. 그러나 원전에서는 이 각각의 이미지들이 가리키는 화제가 무엇인지 밝히고 있지 않다. 한국어 성경에도 각각의 이미지들이 가리키는 화제가 무엇

인지 밝히고 있지 않음을 볼 수 있다. 따라서 적어도 화제의 일부분이라도 분명하게 밝혀 주기 위해 "그 자신에 대해서"라는 문구를 덧붙일 필요가 있다. 그런 경우 다음과 같이 번역된다: "예수께서 그 자신에 대해 이렇게 말씀하셨다..." 이렇게 첨가하여 번역하면 정확한 의미가 전달될 수 있다. 다음의 유사한 경우를 살펴보자.

> Matthew 3:10
>
> (GNB) The ax is ready to cut down the trees at the roots; <u>every tree that does not bear good fruit</u> will be cut down and thrown in the fire.
>
> (KJV) And now also the axe is laid unto the root of trees: therefore <u>every tree which bringeth not forth good fruit</u> is hewn down, and cast into the fire.
>
> (흠한) 또한 도끼가 이제 나무 뿌리에 놓였으니 그러므로 <u>좋은 열매를 맺지 아니하는 나무마다</u> 찍혀 불 속에 던져지느니라.
>
> (개역) 이미 도끼가 나무 뿌리에 놓였으니 <u>좋은 열매 맺지 아니하는 나무마다</u> 찍어 불에 던지우리라
>
> (공동) 도끼가 이미 나무 뿌리에 닿았으니 <u>좋은 열매를 맺지 않은 나무</u>는 다 찍혀 불 속에 던져질 것이다.
>
> (표준) 도끼를 이미 나무 뿌리에 갖다 놓았으니, <u>좋은 열매를 맺지 않는 나무</u>는 다 찍어서, 불 속에 던지실 것이다.

여기에서 주요 이미지는 "나무"지만 그에 대한 화제는 분명하게 드러나 있지 않다. 따라서 "너희는 열매 맺지 못하는 나무이니라"라는 식으로 화

제를 보강해 줄 수 있다. 다음은 여러 개의 은유와 한 개의 과장법[33]으로 구성된 문맥을 살펴보고 어떻게 번역해야 옳은지를 살펴보자.

Matthew 23:24

(GNB) Blind guides! You strain a fly out of your drink, but swallow a camel!

(KJV) Ye blind guides, which strain at a gnat, and swallow a camel.

(흠한) 너희 눈먼 안내자들이여, 너희가 모기에는 긴장하고 낙타는 삼키는 도다.

(개역) 소경된 인도자여 하루살이는 걸러내고 약대는 삼키는 도다

(공동) "이 눈먼 인도자들아, 하루살이는 걸러내면서 낙타는 그대로 삼키는 것이 바로 너희들이다."

(표준) "눈먼 인도자들아! 너희는 하루살이는 걸러내면서, 낙타는 삼키는구나!"

위의 구절에서 사용된 은유는 "하루살이는 걸러내고 낙타는 삼킨다"이다. 앞 절에 나와 있는 상황을 보면 예수가 바리새인과 율법학자들은 정원의 식물에 대해서는 철저히 십일조를 드리면서 그보다 훨씬 중요한 정의와 인자와 믿음을 버렸다고 지적하는 장면이 나오는데 이것은 바로 은유

---

[33] 과장법(Hyperbole)이란 일상 언어를 사용해서 크기나 수나 위험이나 용기나 유용성에 있어서 실제보다 과장하여 표현하는 기법을 의미한다. 또한 과장법은 강조와 수사적 표현의 효과를 위해서 계획적으로 함축한 의미다. 그런데 어떤 언어에서는 과장법의 수사적 표현을 사용하지 않는다. 그것은 과장법이 문자적으로 번역되면 문자적으로 표현된 것을 그대로 이해하기 때문이다.(Barnwell 1999: 159)

에 대한 설명이라고 볼 수 있다. 여기서 유사점을 찾는다면 사소한 일에는 그렇게 신경을 쓰면서 기본적인 도덕적 원칙은 무시하는 어리석음을 말하는 게 분명하다. 따라서 이 은유를 직유로 표현하고, 이미지, 화제, 유사점이라는 세 가지 구성요소를 모두 사용하여 번역하면 다음과 같다: "너희들이 하는 일은 마치 하루살이는 걸러내고 낙타는 삼키는 사람같이 어리석구나" 이러한 관점에서 Nida(1964: 220)는 은유 형태에 대한 가장 간단한 수정은 바로 직유 형태로 번역함으로써 그 비유가 의도하는 바를 명확하게 드러내어 은유의 등가어를 찾게 해준다고 설명한다.

특히 흠한의 경우 너무 형식일치로 번역한 '너희가 모기에는 긴장하고'는 무슨 의미인지 알 수 없다. 이 번역에는 반드시 '걸러내면서'라는 문구 들어가야 의미가 전달된다 볼 수 있다. 이러한 측면에서 흠한보다는 개역, 공동번역 그리고 표준새번역이 텍스트 간 등가성에 합당한 번역을 하였음을 볼 수 있다.

4.3 완곡어법(Euphemism) 번역

완곡어법은 그것의 명백한 표면적인 뜻과는 아주 다른 뜻을 가지고 있는 표현법이다. 이것은 어떤 표현을 직접적인 표현보다는 간접적으로, 완곡하게 표현하는 것이다. 다시 말해서 상대방에게 불쾌한 감정이나 무례한 표현을 피하기 위해 사용하는 방법이다.(Barnwell 1999: 156) 다음에 나와 있는 신약성경 사도행전을 살펴보며 완곡어법의 특성과 번역방법을 고찰해본다.

Acts 13:36

(KJV) For David, after he had served his own generation by the will of God, <u>fell on sleep</u>, and was laid unto his fathers, and saw corruption:

(흠한) 이는 다윗은 하나님의 뜻에 따라 자기 세대를 섬기다가 <u>잠들어</u> 자기 조상들과 함께 묻혀 썩음을 보았으나

(개역) 다윗은 당시에 하나님의 뜻을 쫓아 섬기다가 <u>잠들어</u> 그 조상들 과 함께 묻혀 썩음을 당하였으되

(공동) 다윗은 한평생 하느님의 뜻을 받들어 섬기면서 살았지만 <u>죽은 다음</u>에는 조상들 곁에 묻혀서 썩고 말았습니다.

(표준) 다윗은 사는 동안, 하나님의 뜻을 받들어 섬기고, <u>잠들어</u>서 조상 들 곁에 묻혀 썩고 말았습니다.

위에서 말하는 "fell on sleep"(잠들었다)는 "he died"(죽었다) 간접적인 표현 이다. 우리말 번역에는 공동번역만이 '<u>죽은 다음</u>'이라고 번역하였고 나머 지 번역본은 '<u>잠들었다</u>'로 번역을 하고 있다. 이처럼 각각의 언어는 그 자 체의 간접 어법이 있는데, 모국어를 사용하는 원어민에게는 그 의미가 분 명하지만 그 언어를 학습하고 있는 자에게 있어서 그 언어의 수사적 표현 을 인지하지 못하면 당황할 수밖에 없다. 만일 완곡어법을 문자적으로 번 역한다면, 그 번역은 무의미할 수도 있고 심지어는 다른 뜻을 전달할 수 있다. 다음은 사도행전 1:25 에 나타난 완곡어법을 살펴본다.

Acts 1:25

(KJV) That he may take part of this ministry and apostleship, from which Judas <u>by transgression fell</u>, that <u>he might go to his own place</u>.

(GNB) to serve as an apostle in the place Judas, who <u>left to go to the place where he belongs</u>.

(흠한) 그로 하여금 이 사역과 사도직을 맡게 하옵소서. 유다는 자기 자신의 처소로 가고자 하여 <u>범죄함으로 그 직분에서 떨어져 나갔나이다</u>.

(개역) 봉사와 및 사도의 직무를 대신할 자를 보이시옵소서 유다는 <u>이를 버리옵고 제 곳으로 갔나이다</u>

(공동) 유다는 <u>사도직을 버리고 제 갈 곳으로 갔습니다.</u> 그 직분을 누구에게 맡기시렵니까?

(표준) 이 섬기는 일과 사도직의 직분을 맡게 하실지를, 우리에게 보여 주십시오. 유다는 <u>이 직분을 버리고 제 갈 곳으로 갔습니다.</u>

위의 구절 중에 "유다는 이 직분을 버리고 제 갈 곳으로 갔습니다"의 표현은 사실상 "죄악과 고통의 장소로 갔다"는 의미이다. 이런 의미로 볼 때 영어성경 흠정역(KJV)과 흠정역 한글번역의 "범죄함으로(by transgression fell)"를 첨가하여 본래의 의미 "죄악과 고통의 장소로 갔다"의 함축의미를 명시해 주고 있다. 그러나 개역, 공동, 표준의 번역성경이 완곡어법으로 표현된 "직분을 버리고 제 갈 곳으로 갔다"로 번역된 것은 수사적 표현과 그 의미에 아무런 하자가 없다 하겠다. 이러한 완곡어법의 번역에 대한 이론으로 Barnwell(1980: 102)과 Beekman & Callow(1988: 105)의 연구에 의하면 각 나라의 문화는 그들 나름대로 직접 언급할 수 있는 관습적인 언어 표현이 있는 반면에 간접적인 방법으로 표현해도 아무런 문제가 없으며 또한 간접적으로 꼭 표현해야 하는 완곡어법이 있다. 이런 의미에서 Barnwell은 다음과 같은 사항에 번역가는 주의하라고 설명한다.

1) 때로는 원어의 완곡어법이 수용 언어의 직접적인 표현으로 번역될 수 있다.

2) 때로는 원어의 완곡어법이 수용 언어에서도 완곡어법으로 번역되어야만 하고 형태는 틀리지만 수용 언어의 독자들은 같은 뜻으로 이해한다.

3) 수용 언어에서 귀에 거슬리거나 기분 나쁜 표현을 피하기 위해서는 수용 언어의 완곡어법으로 번역해야 한다.(1988: 105)

성경에서는 성(sex)문제를 묘사할 때 완곡어법을 많이 쓴다. 특히 성(sex)문제는 유대문화에서뿐만 아니라 다른 문화에서도 완곡어법으로 번역하고 있음을 알 수 있다. 그 예를 아래의 성경구절에서 살펴볼 수 있다.

Genesis 4:1

(KJV) And Adam <u>knew</u> Eve his wife; and she conceived and bare Cain, ...

(흠한) 아담이 자기 아내 이브를 <u>알매</u> 이브가 수태하여 가인을 낳고 이르되, ...

(개역) 아담이 그의 아내 하와와 <u>동침하매</u> 하와가 잉태하여 가인을 낳고 이르되 ...

(공동) 아담이 아내 하와와 <u>한자리에 들었더니</u> 아내가 임신하여 카인을 낳고 ...

(표준) 아담이 자기 아내 <u>하와와 동침하니</u>, 아내가 임신하여, 가인을 낳았다.

1Corinthians 7:1

(KJV) It is good for a man not to <u>touch</u> a woman.

(흠한) 남자가 여자에게 <u>손을 대지</u> 아니하는 것이 좋으니라.

(개역) 너희의 쓴 말에 대하여는 <u>남자가 여자를 가까이</u> 아니함이 좋으나

(공동) 남자는 여자와 <u>관계를 맺지</u> 않는 것이 좋습니다.

(표준) 남자는 여자를 <u>가까이하지</u> 않는 것이 좋습니다.

Leviticus 18:6

(KJV) None of you shall <u>approach to any that is near of kin to him</u>, to uncover their nakedness: I am the Lord.

(GNB) The Lord gave the following regulations. Do not <u>have sexual intercourse with any of your relatives</u>.

(흠한) 너희 가운데 아무도 <u>가까운 친족에게 다가가서</u> 그들의 벌거벗음을 드러내지 말라. 나는 주니라.

(개역) 너희는 <u>골육지친을 가까이하여</u> 그 하체를 범치 말라 나는 여호와니라

(공동) 아무도 <u>같은 핏줄을 타고 난 사람을 가까이하여</u> 부끄러운 곳을 벗기면 안 된다. 나는 야훼이다.

(표준) 너희 가운데 어느 누구도 <u>가까운 살붙이에게 접근하여</u> 그 몸을 범하면 안 된다. 나는 주다.

위 구절에서 보는 것처럼 창세기 4:1 의 영어성경 knew 에 해당하는 우리말 성경 번역을 살펴보면 흠정역 한글번역은 문자적 번역인 '알매'로 직

역한 것을 볼 수 있다. 마찬가지로 고린도전서 7:1 의 'touch'는 흠정역 한글번역본만 '손을 대지'로 문자적으로 번역하였다. 그리고 레위기 18:6(KJV)의 경우 "approach to any that is near of kin to him"(가까운 친족에게 다가가서)에서 나타난 것처럼 KJV 는 완곡어법으로 번역을 한 반면에 GNB 에서는 "have sexual intercourse with any of your relatives"(친척 중의 누구와 성관계를 맺는다)로 완곡어법을 사용하지 않고 직접적인 표현으로 나타내고 있다. 반면 우리말 한국어 번역성경, 4 종 모두는 완곡어법으로 번역하고 있음을 볼 수 있다. 이것은 그 당시의 근친상간의 잘못을 지적하되 혐오감을 일으키지 않는 표현으로 수용자들이 이해할 수 있도록 완곡한 표현으로 번역을 하였다. 그러나 (흠한)의 경우 완곡어법으로 쓴 표현 "가까운 친족에게 다가가서"의 문맥은 뒤의 문맥 "그들의 벌거벗음을 드러내지 말라"와 연결이 모호하여 수용자들이 오해할 수밖에 없는 부분이다. 이와 같이 완곡어법을 문자적으로 번역할 때 특히 주의할 것은 뒤의 문맥과 연결이 자연스러워야 한다. 다시 말해서 텍스트성인 응결성과 응집성에 주의를 해야 한다. 그렇지 않으면 그 번역은 무의미할 수도 있고 심지어는 다른 뜻을 전달할 수 있다는 것을 확인해 볼 수 있다. 다음은 '동성애'에 대한 완곡어법의 표현을 살펴본다.

Judges 19:22

(KJV) Now as they were making their hearts merry, behold, the men of the city, certain sons of Belial, beset the house round about, and beat at the door, and spake to the master of the house, the old man, saying, Bring forth the man that came into thine house, that <u>we may know him</u>.

(NIV) While they were enjoying themselves, some of the wicked men of the city surrounded the house. Pounding on the door, they shouted to the old man who owned the house, "Bring out the man who came to your house so <u>we can have sex</u>

with him."

(GNB) They were enjoying themselves when all of a sudden some sexual perverts from the town surrounded the house and started beating on the door. They said to the old man, "Bring out that man that came home with you! We want to have sex with him!"

(흠한) 이제 그들이 마음을 즐겁게 할 때에, 보라, 그 도시의 사람들 곧 벨리알의 아들들이 그 집을 에워싸고 문을 두들기며 집주인 노인에게 말하여 이르기를, 네 집에 들어온 남자를 끌어내라. 우리가 그를 알리라, 하니

(개역) 그들이 마음을 즐겁게 할 때에 그 성읍의 비류들이 그 집을 에워싸고 문을 두들기며 집 주인 노인에게 말하여 가로되 네 집에 들어온 사람을 끌어내라 우리가 그를 상관하리라

(공동) 그들이 한참 맛있게 먹고 있는데 그 성에 있는 무뢰배들이 몰려와서 집을 에워싸고 문을 두드리며 노인에게 요구하였다. "영감 집에 든 자를 내보내시오. 좀 따질 일이 있으니까!"

(표준) 그들이 한참 즐겁게 쉬고 있을 때에, 그 성읍의 불량한 사내들이 몰려와서, 그 집을 둘러싸고, 문을 두드리며, 집 주인인 노인에게 소리질렀다. "노인의 집에 들어온 그 남자를 끌어내시오. 우리가 그 사람하고 관계를 좀 해야겠소"

위의 사사기 19:22 은 동성애의 표현을 나타낸 것이다. KJV 의 경우는 완곡어법으로 'we may know him'으로 번역하였다. 그러나 NIV 의 경우는 'we can have sex with him'으로 번역하였고 GNB 의 경우도 'we want to have sex with him!"으로 번역하여 완곡어법을 피하고 직접적인 표현을 쓰고 있다.

반면 한국어 성경 번역은 모두 완곡어법으로 번역한 것을 볼 수 있다. 공동번역의 경우 '좀 따질 일이 있으니까!'의 번역은 동성애를 암시하는 완곡어법이라 볼 수 없다 하겠다. 특히 23절("이 사람들, 그게 어디 될 말인가! 이런 나쁜 짓을 하다니!")의 문맥과 응집시키는 것이 모호하다. 이런 측면에서 볼 때 독자가 그것을 어떻게 받아들이는가의 수용성과 그것이 우리에게 무엇을 말해주고 있는가의 정보성 면에서 적절하지 않은 번역이라 볼 수 있다.

Branwell이 주장한 것처럼 성경의 수사적 표현 가운데 직접적인 표현을 피하기 위해서는 완곡어법으로 꼭 번역할 부분이 있는 것이다. 그러나 특별한 경우를 제외하고는 수용자들이 명백히 이해할 수 있도록 직접적인 표현으로 번역할 수 있다. 또한 완곡어법으로 번역할 때는 뒤의 문맥과 모호하지 않도록 의미 번역을 해야 할 것이다.

결과적으로 원어에서 완곡어법이 사용될 때 번역가는 특별히 그 수사적 표현을 인지하기 위해 기민함을 유지해야 한다. 즉 번역가는 수용 언어의 문화의 관습적인 것에 민감해야 될 것이다. 또한 번역문이 정확하고 명백하며 자연스럽게 원문의 내용을 전달하도록, 수용 언어 독자들의 민감성과 경험을 염두에 두고, 수용 언어 사회에서 가능한 한 광범위하게 번역문을 검증해야 할 것이다.

제 5 장

결 론

성경 번역은 하나님의 말씀을 모든 인류에게 원문의 의미를 정확하고, 쉽게 전하는 데 그 목적이 있다. 성경을 정확하게 번역한다는 것은 원문에 나타난 의미를 왜곡하거나, 꾸밈이 없이 충실하게 그 의미를 번역하는 것이다. 위클리프 성경번역회(WBT)에 따르면 아직도 3,000 개 이상의 언어를 사용하는 사람들이 성경을 그들의 모국어로 접해보지 못하고 있다.(www.ethnologue.com) 따라서 성경을 모든 민족이 사용하는 그들만의 고유언어로 번역하는 일은 여전히 중요한 일이라 하겠다. 본론에서도 밝힌 바 있지만 구약성경, 느헤미야기 8:8 과 에스더기 8:9 에 있는 말씀처럼 성경 번역가의 임무가 막중하다고 하겠다.

본 연구의 주된 관심은 성경 텍스트 간 등가 번역에 있어서 그 번역 모델을 수사적 표현의 번역에서 찾아보고 의미 번역의 특성과 중요성을 기술하였다. 특히 번역할 때 원천언어뿐만 아니라, 수용언어에 대한 많은 연구와 지식이 필요하다는 점도 살펴보았다. 이러한 과정에서 의미번역에 대한 명백한 개념정의와 함께 성경 번역에 있어서 수사적 표현을 자연스럽게 번역하려면 수용언어에서 그런 용법이 얼마나 자주 사용되는지, 또는 텍스트의 종류에 따라 제약은 무엇인지, 그 형태가 올바를 뿐만 아니라 보편적으로 사용되고 있는지 등을 살펴보아야 한다. 또한 문법적 범주와 의미적 구조가 원천언어와 수용언어 사이에 다르게 나타나므로 원문의 형태를 그대로 유지한다는 것은 불가능한 사실임을 확인해 보았다. 본론에서 논의된 대로 번역문에 사용된 수사적 표현의 기능은 원문에 사용된 기능과 동일하지 않은 경우도 많다는 것을 살펴보았다.

2 장에서 번역이론과 성경 번역사를 고찰해 봄으로써 본 연구에서 제시하는 의미등가 번역의 개념과, 형식일치 번역보다 더 충실한 내용일치 번

역, 즉 역동적 등가(Dynamic equivalence)번역의 효율성을 살펴보는 데에 역점을 두었다.

3장에서는 원문의 수사 의문문을 모두 형식적 일치로 번역한다면 설령 그 의미가 제대로 전달된다 하더라도 많은 경우 부자연스러울 뿐만 아니라 불필요하게 그 뜻이 모호해지기 쉽다는 것을 살펴보았다. 또한 번역가는 수사 의문문이 특정 문맥에서만 사용되는지 아닌지 여부도 알고 있어야 한다는 사실도 밝혀 보았다. 성경의 일반 의문문과 수사 의문문 모두 그 정확한 정보와 함축된 의미가 제대로 전달되어야 한다는 점도 알아보았다. 일단 의미가 제대로 전달된 뒤에는 자연스러운 형태를 취해야 하며 특히 수사 의문문의 경우에는 사용 빈도수도 동일하도록 해야 한다는 점을 다시 한번 강조하고 싶다. 이 모든 것이 어우러져야 번역가는 의미의 효과 면에서 모두 원문에 충실할 수 있기 때문이다.

수사 의문문을 만드는 데 있어 아마도 번역가는 몇 가지 선택 사항들에 직면할 것이다. 대답이 뒤따르는 의문문이나 그렇지 않은 의문문 또는 직설적인 평서문이다. 만약 이 모든 것들이 가능하다면 번역가는 의미가 제대로 전달되는 한 원문의 형태를 따라야 할 것이다. 즉 원문에 의문문이 쓰였다면 번역가도 의문문을 택할 것이고, 명령문이 쓰였다면 명령문을 선택할 것이다.

그러나 이것은 용인할 수 있는 방법이기는 하지만 그런 형태가 수용 언어에서 자연스러운지에 대해서는 번역가가 숙고해야 할 문제이다. 번역가는 또한 수용언어의 수사 의문문에서 발생하는 특별한 언어적 지표를 찾으려고 할 것이다. 이러한 노력은 그 의문문의 형태가 자연스러운지를 확인하기 위해서뿐만 아니라 그 특별한 언어적 신호가 특정 정보를 전달하는 한 정확한 의미 전달을 위해서도 중요하기 때문이다. 원문의 형태가 함부로 옮겨지지 않기 위해서 수용 언어에서 수사 의문문이 사용되는지 아닌지를 아는 것이 중요한 반면, 성경 원어에서 다양하게 사용되는 수사 의문문의 기능에 상응하는 다른 담화 장치를 수용 언어에서 찾아내는 것도 중요한 사실임을 살펴보았다. 그리고 영어 성경과 거기에 상응하는 한국어 성경 네 종을 비교하면서 텍스트적 등가에 합당하도록 텍스트성을 살펴보았다.

4장에서는 비유적인 표현의 번역에 있어서 성경의 은유가 종종 오해를 불러일으키는 경우를 살펴보았다. 첫째로 그것은 원천언어 저자는 번역할 때 당연히 자신이 속한 문화에 기초를 두고 그 문화권에서 사용하는 이미지를 그려나가는 점과 이로 인해서 다른 문화권에 속하는 수용 언어 독자는 그 이미지를 모르는 경우를 살펴보았다. 둘째로는 화제와 유사점이 암시적인 경우를 예로 들면서 살펴보았다. 우선 화제가 암시적인 경우를 예로 들면서 번역문 독자가 이러한 은유적 표현을 알아 차리지 못하는 경우 문자적으로 해석하는 경우이다. 당연히 화제는 이러한 이미지를 통해 드러나게 되는데, 그러한 화제를 분명하게 보여주는 설명이 따로 없다면 올바른 의미 번역을 할 수 없음을 살펴보았다. 또한 유사점이 암시적이어서 오해가 발생하는 경우는 그 이미지가 이미 수용언어권에서 은유적으로 사용되는 경우임을 살펴보았다. 세 번째로 비유되는 항목과 비슷한 대체물이 수용언어에 없는 경우를 살펴보았는데, 이때야말로 번역가가 수용언어에 많은 관심과 연구가 필요하다 하겠다. 또한 번역가가 항상 주의를 기울이고 연구해야 할 것 중 하나는 수용문화에서 새로운 은유가 형성되고 이해되고 있는가 하는 점이었다. 번역가는 원천언어를 주의 깊고 세밀하게 고찰하여 수용언어로 번역할 때 역동적인 등가를 산출하여 수용 언어 독자들이 정확하고 명료하게 이해할 수 있도록 해야 한다.

성경 번역은 단어와 문장을 단순히 옮기는 일 그 이상이다. 선택된 번역과 거기서 사용한 번역의 문체와 상관없이 불가피한 문제는 의미라는 점을 알아야 할 것이다. 본 연구에서는 구체적으로 다루지 않았지만 수사적 표현의 번역 가운데 꼭 취급해야 할 과장법(Hyperbole)과 이중부정

(Litotes), 풍자(Sarcasm)와 아이러니(Irony), 의인화(Personification), 돈호법 (Apostrophe), 교차대구법(Chiasmus), 환유(Metonymy), 그리고 제유(Synecdoche) 등의 번역 방법은 앞으로도 심도 있게 연구하여야 할 과제로 미룬 채 본 연구를 마무리한다.

참고문헌

김경래. 1997. "사본들을 통해 보는 성경" 전주: 전주대학교출판부.

김상훈. 2003. "해석 매뉴얼": '성경해석법의 이론과 실제', 서울: 도서출판 그리심.

민영진. 1996. "히브리어에서 우리말로", 서울: 도서출판 두란노.

박여성. 2000. "번역학의 인식론적, 언어학적 정초". "번역학 연구" 1-1(창간호), 한국 번역학회.

박영순. 2000. "한국어은유 연구", 서울: 고려대학교 출판부.

박형용. 2002. "성경해석의 원리", 수원: 합동신학대학원출판부.

왕대일. 2000. "좀 쉽게 말해 주시오": '본문 비평과 성서 번역', 서울: 대한기독교서회.

정희자. 1999. "담화와 문법", 서울: 한신문화사.

정희자. 2002. "담화와 추론", 서울: 한국문화사.

나이다, E.A. 2002. "언어간 의사소통의 사회언어학". 송태효 역. 서울: 고려대학교 출판부.

바이글, L. A. 1985. "영어성경사". 유성덕. 함영용 공역. 서울: 총신대학교 출판부.

파터, H. 1995. "텍스트언어학 입문". 이성만 역. 서울: 한국문화사.

Aristotle. Poetics. Translated by Ingram Bywater. In Richard Mckeon (ed.), *Introduction to Aristotle*. New York: Random House, (1941).

Barnwell, Katharine. 1999. *Bible Translation*. Jos, Nigeria: Nigeria Bible Translation Trust.

Barnwell, Katharine. 1980. *Introduction to Semantics and Translation*. Horsleys Green, England: Summer Institute of Linguistics.

Baker, M. 1992. *In Other Words: A Coursebook on Translation*, London and New York: Routledge.

Baker, M. 1998. *Routledge Encyclopedia of Translation Studies*. London: Routledge.

Beaugrande, R. de and W. Dressler. 1981. *Introduction to Text Linguistics*. London: Longman.

Bell, R. T. 1991. Translation and Translating: Theory and Practice. London: Longman.

Brinker, K. 1985/92. *Linguistiche Textanalye*. Berlin: Erich Schmidt.

Bußmann, H. 1990. *Lexikon der Sprachwissenschaft*. Stuttgart: Kröner.

Catford, J. C. 1965. *A Linguistic Theory of Translation*. London: Oxford University Press.

Corro, A. D. 2003. 'Why So Many Bible Version', *in Journal of Biblical Text Research*. Vol.12. 176-202.

Gutt, Ernst-august. 1991. *Translation and Relevance*: *Cognition and Context*. Oxford: Basil Blackwell Ltd.

Hatim, Baseil and Ian Mason, eds. 1990. *Discourse and the Translator*. New York: Longman, Inc.

John, Beekman and John Callow. 1988. *Translating the Word of God. With Scripture and Topical Indexes*: Summer Institute of Linguistics.

Jonker, L. C. 1997. *Exclusivity and Variety: Perspectives on Multidimensional* Exegesis. Kampen: Kok Pharos Publishing House.

Kennedy, George A, 1984. *New Testament Interpretation Through Rhetorical Criticism*. New York: The University of North Carolina Press

Lakoff, George & Johnson, Mark. 1980. *Metaphor We Live By*. Chicago & London: The University of Chicago Press.

Langacker, R. W. 1990. *Concept. Image, and Symbol. The Cognitive Basis of Grammar*. New York: Mounton de Gruyter.

Larson, Mildred L. 1998. *Meaning-Based Translation*: *A Guide to Cross-Language Equivalence*. Lanham. New York. Oxford: University Press of America, Inc.

Larson, Mildred L. 1975. *A Manual For Problem Solving In Bible Translation*. Michigan: Zondervan Corporation.

Louw, J. P. 1986. *'Sociolinguistics and Text Analysis'* in Louw, J. P.(ed.) Sociolinguistics and

Communication. 103-115. London: United Bible Societies.

Mack, Burton. 1990. *Rhetoric and the New Testament*. Niineapolis: Fortress Press.

Mitchell, W. J. T. 1986. *Iconology: Image, Text, Ideology*, Chicago & London: The University of Chicago Press.

Mojola, A. O. 2000. 'Rhethinking the Place of Nida's Theory of Translation in the New Millennium' in *Tell Me the Word Easy To Understand*. (ed.) Tai-il Wang. 277-301. Seoul: Christian Literature Society of Korea.

Munday, J. 2001. *Introducing Translation Studies*: Theories and Applications. London & New York: London and New York.

Newmark, Peter. 1989. *A Textbook of Translation*. Hertfordshire, England: Prentice Hall Internationl (UK) Ltd.

Nida, Eugene A. 1947. *Bible Translating. London*: United Bible Societies.

Nida, Eugene A. 1960. *Message and Mission: The Communication of the Christian Faith*. New York: Harper & Row.

Nida, Eugene A. 1964. *Toward a Science of Translating*. Leiden, Netherlands: E.J. Brill.

Nida and Charles R. Taber. 1969/1982. *The Theory and Practice of Translation*. Leiden, Netherlands: E.J. Brill for the United Bible Societies.

Nida, Eugene A. 1986. '*Sociolinguistics and Translating*', in Louw, J.P. (ed), Sociolinguistics and Communication. London: United Bible Societies.

Noss, P. 2000. "*Little Girl, Get up!*" The Story of Bible Translation' in Journal of Biblical Text Research. Vol.12. 319-357.

Robbins, V. K. 1996. *The Tapestry of Early Christian Discourse: Rhetoric, Society and Ideology*. London: Routeledge.

Sampson, Geoffrey. 1980. *Schools of Linguistics*: Competition and Evolution. London: Hutchinson.

Searle, J. R. 1975. "A Taxonomy of Illocutionary Acts", in K. Gunderson(ed.), *Language, Mind and Knowledge, Minnesota Studies in the Philosophy of Science 3*. 344-369. Minneapolis: University of Minnesota Press.

Shuttleworth, M & Moira Cowie. 1997. *Dictionary of Translation Studies*. Manchester: St. Jerome.

Silva, Moises. 1983. *Biblical Words and Their Meaning: an Introduction to Lexical Semantics*. Grand Rapids: Academie Books.

Snell-Hornby, N. 1998. *Translation Studies: An Intergarated Approach*. Amsterdam: Philadelphia.

Stibbe, M. 1992. *John as Storyteller.* Cambridge: Cambridge University.

Susan, Bassnett 1998. *Translation Studies*: Routledge.

Wilder, A. 1991. *The Bible and the Literary Critic*. Minneapolis: Fortress Press.

♣ 저 자

박노철

• 약 력 •

총신대학교 영어교육과(학사)
연세대학교 교육대학원 영어교육전공(석사)
세종대학교 영어영문학과 번역학전공(박사)
몬토레이 동번역대학원 수료(2004.7-2005.7)
(현) 경인여자대학 관광영어통역과 겸임교수

• 주요논저 •

한글킹제임스(KJV) 성경번역의 문제점:
 - 언어/문법/문화 충돌을 중심으로 -

비유언어 번역방법
-수사적 표현을 중심으로-

· 초판 인쇄	2007 년 12 월 31 일
· 초판 발행	2007 년 12 월 31 일
· 지 은 이	박노철
· 펴 낸 이	채종준
· 펴 낸 곳	한국학술정보㈜
	경기도 파주시 교하읍 문발리
	파주출판문화정보산업단지 513-5
	전화 031)908-3181(대표)·팩스 031)908-3189
	홈페이지 http://www.kstudy.com
	e-mail(출판사업부) publish@kstudy.com
· 등 록	제일산-115 호(2000. 6. 19)
· 가 격	20,000원

ISBN 978-89-534-7995-1 93840 (paper book)
 978-89-534-7996-8 98840 (e-book)